とぼとぼ亭日記抄

高瀬正仁

萬書房

目次

カバー・本扉版画　平岡　瞳
装釘　臼井新太郎

とぼとぼ亭日記抄

高瀬正仁著

出会うまで

ぼくは昭和四十年代の後半の数年を東京の四谷ですごした。二十歳を境に前後数年、田舎っぺ丸出しの大学生だった。人見知りはしないが、たいていの人が大嫌いという因果な性格で、大学生活を通じて友人の名に値する人にはついにひとりも出会わなかった。伝記や自叙伝を読むのが好きでおびただしい人物の生涯を見聞きしたけれども、旧制度の高等学校の回顧談に及ぶと、青年期の友情がいかに厚く、いかに尊いかという場面にいつも出くわした。そのようなときには我が身と引き比べて別世界の出来事のように思えてならず、気落ちしているときなどにはことのほかさみしくなった。漱石とその弟子たちの世界など、とうてい信じがたい夢のような物語で、うらやましくてならない桃源郷であった。

ひとかどの学者たらんという、大昔の田舎青年風の気負いがあったので、いわゆる学生風の生活からいっさい遠ざかり、ろくろく学校にも行かず、アルバイトもせず、遊びに出かけることもなく、下宿で勉強ばかりしていた。学生が勉強するのは当たり前のことのようにも思えるが、試験のための勉強のような勉強ではなく、行く末がどうなるものやら明確な当てのない茫漠とした勉強、勉強のための勉強というのは相応の苦痛を伴うもので、ついつい噴出しがちなもろもろの感情を無理に抑制しつつ、まるで木枯らしが胸中を吹きぬけていくような心細さにひたすら耐えて打ち込んでいくものである。励めども励めども、はっきりと自覚することのできる進歩はなかなか訪れてくれなかった。

学者たらんと欲してはいたけれども、どうしたら学者になれるのであろうか。具体的な道筋は何もわからなかったし、深く考えようともしなかった。同じ道を志す友と語り合うということもついに無縁だった。

当時の下宿先は四谷のクリーニング屋の二階の日の当たらない四畳半で、これを自嘲気味にみずから「もぐら庵」と称していた。こんなことも耳を傾けてくれる人でもあればさまになろうというものだけれども、ひとりで勝手に自嘲してもかえってむなしさと寂しさがつのるばかりである。ぼくは今もなお、徹夜で明け方の薄明のころなどに、東京時代の日々の断片を思うことがあるが、それらを繋ぎ合わせてまとまりのある風景が現れるのがおそろしいばかりに、反射的にかき消してしまう。物悲しい数年であった。

友人らしい友人はいなかったけれども皆無というのは少々言葉の綾で、好奇心が強いあまりに知り合えた風変りな人もいた。畸人や変人と見られた人たちはおおむね悲惨な生涯を送らざるをえない運命におちいりがちだが、かえって珍重されたりすることもある。畸人変人にもいろいろな型があり、中にはわざわざ畸人変人をきどる人もいるが、ぼくが遭遇した「とぼとぼ亭」の主人は正真正銘の畸人変人、本当に風変りな人だった。

「とぼとぼ亭」というのは四谷一帯を縄張りにしている屋台のラーメン屋の呼び名である。ぼくは東京に出てきて最初の半年は目黒区の柿の木坂に住んでいたが、下宿のばあさんと折り合いが悪く、わずか半年で引っ越しを余儀なくされて四谷のクリーニング屋の二階の一間(ひとま)に移った。引っ越しの当日の夜の十時ころ、荷物の整理も気の向かないままに布団袋を枕にして、ほんの半年ばかりの来し方と、果てしのないようにしか思えない茫漠とした行く末をとりとめもなく思っていると、明るいチャルメラの音が耳に入った。だしぬけの、天来の妙音だった。

持ち前の好奇心にひきずられて往来に飛び出ると、四つ角のすみっこに屋台がとまっていて、珍妙な風体のおやじが客寄せのチャルメラを吹いていた。ぼくよりも年上なのはまちがいないが、体格もよく、「ハ」の字髭が威張っていて、ラーメン屋のようには見えなかった。ラーメンをくださいと声をかけると、「へい」と、一介の屋台のおやじ然としたわざとらしい返事が返ってきた。ぼくはラーメンを作る手順を見守っていた。

　蓋付きの大きな罐（かん）が二つあり、一方は湯、もう一方はスープで満たされている。燃料は練炭で、一晩中燃え続けているような大きなものである。冬は暖かくていいけれども、夏の暑さは格別である。ちなみに、これはだいぶあとになってわかったことだが、真夏になると屋台のラーメンには客がつかないように思えるけれども、意外にそうではなかった。夏のラーメンはよく売れるのである。

　茹でた麺（めん）をすくいあげて、湯を切ってどんぶりに移し、スープを注ぐ。振りざるで麺をすくうのは単純そうに見えてなかなかむずかしく、コツのいる作業である。親しくなってからぼくもやってみたが、大量の湯の中で自由に泳いでいる数十本の麺をうまくまとめてすくいあげるのは、傍（はた）で見ているほどに楽ではない。ぼくはいつも、「どうだ、むずかしいだろう」と威張られてしまった。湯を切るにもコツがあり、振りざるで空中に放り上げてひっくりかえす動作を何回もこまめに繰り返すのである。

チャーシューやら葱やらの具をのせ、最後に、切った海苔を「ハ」の字に置いて、「へい、ひげラーメン一丁あがり」と言って元気よく差し出した。味は、これはずっと後に判明したことだが、九州風で、スープの出汁に工夫が凝らされていてとてもうまかった。

おやじはぼくに向って、「学生さん？」などと問うてきた。とてもラーメン屋のようには見えないくせに、わざとラーメン屋でございというふうをよそおって恰好をつけているのだが、さっそうとしたおもむきがあって嫌味な感じはしなかった。客が食べ終えるとまたチャルメラを吹きながら移動するのだが、ぼくは何とはなしに立ち去りがたい気分に包まれて、そのままついていった。次の角の水道で水を補給し、ふいと向き直ってぼくに顔を向け、「ぼくは没女っ気の村澤です」とすまして自己紹介した。「硬派の村澤」というわけである。郷里は九州宮崎の都城。二十七歳。絵描き。ぼくはこうして村澤さんと出会った。以来、何年にもわたり、ぼくは毎日ラーメンを食べ続けた。

とぼとぼ亭という名前の由来は、毎日屋台を引っ張ってとぼとぼと歩いているから、ということで、どこかしら「もぐら庵」に通うものが感じられた。すっかり親しくなってから、来し方行く末の話になったとき、「こうやって毎日歩いていて見たこと聞いたことを覚えておけ」と村澤さんが言った。そうすると「とぼとぼ亭日記」というわけですねと応じると、村澤さんは破顔一笑した。笑い顔の子供みたいな人だった。

多くのことを村澤さんから学んだような気がするが、反面教師のような一面もある人だった。村澤さんの言葉や行動に対する自分の反応が、後々深刻な反省の種になったこともある。ぼくは「とぼとぼ亭日記」を書いていなかったけれども、たいていの出来事は忘れようもなく鮮明に覚えている。わけあって今はお付き合いは途絶えているけれども、ぼくはこのごろ村澤さんのことを思い出すことがある。そうしてそのたびに、心の底に染み入るようななつかしさを感じている。

ずいぶん親しくなってからのある雨の夜、二人して四谷荒木町のラーメン屋に出かけたことがある。村澤さんはここでも恰好つけて、知らん顔をしてラーメンを注文した。お店のあんちゃんが、ひょっとして毎晩この店の前を通るチャルメラの兄さんではないかと尋ねると、村澤さんは「うん、そうそう」と応じて笑顔を見せた。みな子供じみたことだったけれども、ぼくはあたかも四谷名物ひげラーメンの一の子分でもあるかのような誇らしさを感じ、悪い気はしなかった。

「うん、このラーメンはうまい」などと言いつつラーメンをすすりながら、村澤さんは何気ない調子で、おれはおまえとの今の付き合いもさることながら、三十年後の再会を楽しみにしているんだという意味のことを口にした。再会の前提は別れであり、ぼくは村澤さんとの訣別を意識したことはなかったから、妙な気がした。そうしてその一瞬はぼくと村澤さんとのお付き合いの原風景に転化した。今、ぼくは九州博多の地にあって、村澤さんになつかしさを感じている。訣別以来まだわずかに五年であり、三十年にはほど遠いけれども、ぼくは最近になって村澤さんの言葉の意味が腑に落ちたように思う。そうして人の心の神秘の複雑さに戦慄に似た感情を味わっている。

今ころになってしまったけれども、ぼくは昔書かなかった「とぼとぼ亭日記」を書きながら、思い出したくない東京時代をのぞき見たいような衝動にかられてならない。

二枚の写真

ぼくは村澤さんの写真を二枚もっている。一枚の写真に写っている村澤さんの姿の珍妙なことは、どのように描写したらよいのであろうか。背景は初秋とおぼしい山間（やまあい）の三叉路である。登山靴に白のズボン。目の粗い茶色のセーターをざっくりと着こんだぼさぼさ髪の髭おやじが、道標を引き抜いてわしづかみにして、あたかも天を支えるヘラクレスのような恰好で両足を踏ん張って頭上に高々と持ち上げている。まことに勇壮無比の雄姿だが、何かしらおかしいのは、持ち上げているものがものであることもさることながら、それぞれてんでんばらばらの方向にひんむかれた両目のせいである。ぼくは村澤さんをなつかしく思い出しては二枚の写真を取り出すことがあるが、この一枚を見るたびに、つい今しがたのしみじみとした情感はどこへやら、おかしくておかしくてたまらずにひとりでに笑い出してしまうのである。

だれかしらとの四方山話のおりにたまたま村澤さんに話題が及ぶこともある。ぼくの感情移入によって美化された、世俗を超越した純粋一途の放浪の芸術家を念頭に描きつつ興味津津でこの写真を見た人は、ただのひとりの例外もなく、みな一様に、一瞬ぎょっとして、それからややあって、大笑いするのであった。

それにしてもこの珍無類の一枚の写真は、村澤さんという人の本質をありのままに写し出して興味が尽きないというおもむきがある。ぼくはこのごろそれがよくわかるようになった。

もう一枚の写真には、これはまた打って変ったほのぼのとした情景が描かれている。病院の一室で、椅子に腰かけた村澤さんが生後まもない女の子を抱っこしている。小さい小さいまん丸い目の女の子である。その目をのぞき込む穏やかでうれしそうな表情の村澤さんの目もとがまたえもいわれぬやさしさをたたえている。この写真に写る村澤さんは何という平凡な幸福に満たされているのであろうか。狂気に覆われたもう一枚の写真の村澤さんとはとうてい同一の人物には見えないが、この写真もまたまぎれもない村澤さんの本質を表現していると思えてしかたがない。

写真に写っているのは村澤さんのひとり娘で、乃江ちゃんという名前の女の子である。村澤さん本人が、乃江ちゃんの母親の真里江さんの名前の一字をとって命名したのである。由緒正しく品もよく、言葉の響きもとてもいい。やがて成長した乃江ちゃんが名前の由来を尋ねたなら、村澤さんはえたりとばかりの得意顔で恰好つけて説明してやるにちがいない。村澤さんは自分の子供にこんな名前をつけることのできる人だった。

二枚の写真を撮影したのはどちらも真里江さんである。一枚目の写真から数年の後、村澤さんは結婚したのである。ぼくはやがて村澤さんの結婚をめぐって千万言を費やさなければならないが、その前になお思い出されてならないことが山のように積み重ねられている。

中央線四谷駅から出発し、新宿通りに沿って皇居の半蔵門を背にして歩を進めると、すぐに左手に見えるのは赤坂離宮（後の赤坂迎賓館）。すぐ隣に学習院初等科の校舎がある。新宿通りは通りに面して背の高いビルがどこまでも立ち並んでいるが、路地裏にちょっと踏み込めばごく当たり前の日常生活が営まれている。木造の古ぼけたアパートもあれば、八百屋も銭湯もある。お寺もあれば神社もある。無機質なうわべの世界の裏側に、もうひとつの有機質の世界が広がっている。この裏側の世界があるからこそ、村澤さんの商売が成り立っているのである。

歩き出してしばらくの間は四谷一丁目。やがて四谷二丁目になり、路地裏に寄り道すれば、尻尾の先まであんこが詰まっているので有名な鯛焼き屋がある。文化放送の本社もあり、ぼくが下宿していたクリーニング屋があるのもここである。文化放送の楽しい思い出もなつかしい。とぼとぼ亭にくっついて歩き始めてまもないころ、文化放送の前に屋台をとめて商売していたときのことである。屋台に備え付きのトランジスター・ラジオから、村澤さんの吹くチャルメラの音が聞えてきた。放送局のスタジオのマイクに拾われたためだが、すかさずアナウンサーが、今のチャルメラは私たち文化放送の職員がよく利用している屋台のラーメン屋さんのチャルメラです、とてもおいしいから、みなさんも機会があればぜひ一度味わってくださいというふうなことを言った。村澤さんは、どうだと言わんばかりの得意気な顔つきになった。ぼくもまた日本中のだれにでも自慢してやりたいような、すばらしい気分だった。

四谷二丁目をすぎてさらに進めば四谷三丁目にさしかかる。地下鉄丸ノ内線の四谷三丁目の駅の近くに四谷名物四谷怪談で有名なお岩神社がある。不思議なことにお岩神社は二つ存在し、しかも道路をはさんで向い合っていて、どちらも本家本元を主張しているのである。正確には一方は於岩稲荷田宮神社という神社だが、もう一方は神社ではなく、於岩稲荷陽運寺というお寺である。

四谷三丁目には真里江さんの家もある。真里江さんの父は大手百貨店の立川支店の支店長で、真里江さんは弟がひとりいるきりのひとり娘だった。高校受験ために遅くまで勉強していたころ、まだ中学生だった真里江さんは夜食と称してとぼとぼ亭のラーメンを食べていたというのであるから、相当に息の長いお付き合いであり、この方面ではぼくの大先輩である。もっともいくら受験勉強といってもそんなに毎日ラーメンばかり食べていられるわけはなく、村澤さんの仕事と人柄に好奇心をそそられたのにちがいない。

はじめて真里江さんに会ったころ

はじめて会ったころの真里江さんは短大を卒業したばかりであるから、まだようやく二十歳である。わがままで、めっぽう気が強く、手足の長いきれいな人だった。ある夜、いつものようにチャルメラの音に誘われて外に出てみると、「真里っぺが追いかけてくるぞ」と村澤さんが言った。そこへ駆け足でとぼとぼ亭に追いすがってきたのが真里江さんだった。微笑ましいような、ばかばかしいような、うらやましいような風情があたり一面にたちまちかもされた。

村澤さんが「もうこのへんで帰れ」と言っても真里江さんは帰ろうとしなかった。しばらくもめているふうだったが、ややあって真里江さんがぼくのほうに向き直り、「あっ、高瀬さんでしょう。いつもお話をうかがっております。今日は突然で失礼しました。またあらためてご挨拶にあがります」とひと息にしゃべり続け、それから「じゃあ、帰るわね」と村澤さんに声をかけ、にこっと微笑んで立ち去ってしまった。昼の明るいうちにけんかになって、村澤さんがあやまらないから、あやまるまでどこまでも追いかけるつもりだったのである。

真里江さんの父親は自分の娘が付き合っているのが夜な夜な家の前を通りかかる屋台のラーメン屋と知ったときから、正確には諭せども諭せども真里江さんが親の言葉に耳を貸さないと思い知ったその瞬間から、真里江さんと口をきかなくなった。親の言うことなど聞くものかは、感情のおもむくままに一途に行動して悔いないところなど、真里江さんの面目の躍如たるものがある。

かわいそうなのは父親だった。父は日曜、祭日に真里江さんが外出するとそのたびにあとをつけていき、喫茶店の窓ガラスに額を押し付けてのぞきこんで真里江さんにいやがられたりしたという。ぼくはこの話をずっとあとになって真里江さんのお母さんにうかがった。いじましくあわれなエピソードである。父もあわれ、母もあわれ、真里江さんもまたあわれである。あわれでないのはただひとり村澤さんばかりであった。

「ピリカ」にて

四谷三丁目をすぎると、左手に新宿御苑が見えてくる。ここをすぎると新宿一丁目である。道路をはさんで新宿御苑の向い側の路地に入り込み、あちらの四つ角、こちらの四つ角と、そのつど迷わずにはいられない曲折の後に、「ピリカ」という小料理屋にたどりつく。ここは村澤さんのお母さんがやっているお店である。カウンターに椅子が数脚と、二畳敷程の上がり端（あがりはな）がある。昼間、明るいうちにピリカに出かければ、まだ開いていない店の前の路地にとまっている屋台が目に入る。村澤さんは住処（すみか）をもたず、ピリカの二畳間で寝泊りしているのである。

村澤さんは毎日お昼ころ起き出して、いつも決まった喫茶店に出かけ、コーヒーを飲みながらスポーツ新聞で競馬とプロ野球を研究する。その場に居合わせたこともときおりあったが、いつも競馬と野球の講釈を聞かされた。ほとんど興味をもてないぼくの生半可な気のない相槌（あいづち）もものかは、村澤さんの講釈は投手の心理状態、古今の選手の個性の比較検討、はたまた騎手の体調、馬の血筋から始まって、微に入り細をうがつというおもむきのもので、実に熱がこもっていた。

夜間の天候を見定めて、今日は雨にならないと判断すれば、お昼すぎからずっと商売の仕込みをする。昨夜の商売のおりに捨てずに保存しておいた使い古しの割りばしを燃料にして練炭をおこしたり、葱をきざんだり、チャーシューを煮込んだりするのである。その間、ずっといっしょにくっついていたことも何度もあった。特別の話題はなくてもいっこうにかまわなかった。村澤さんはつまらないことをさもおもしろそうにしゃべってはぼくを笑わせた。もともと声が大きいのに加えて、あんまり笑ってばかりいたので、ぼくの高笑いはとうとうぼくのトレードマークになってしまった。

夕暮れになってピリカの客がぽつぽつ現れ始めると、とぼとぼ亭もまた動き始め、それからえんえんと翌朝四時まで、ときには五時近くまで、新宿通りの両側の入り組んだ路地裏を舞台にして村澤さんの得意の時間が流れるのである。雨が降れば降ったで、これまた喜んでみずからピリカの客になり、競馬とプロ野球の講釈を肴(さかな)にしてお酒を飲み続けるのであった。人望があり、種々雑多な人びとに慕われていた。親分肌で世話好きな人だった。

それにしても絵描きの村澤さんはいったいいつどこで絵を描くのであろうか。村澤さんを慕う人たちはだれも、村澤さんが絵描きとは知らなかったろうとぼくは思う。村澤さんはいつも、おれはラーメン屋だと言って、ラーメン屋の村澤さんを慕う人たちとの交友を楽しんでいた。してみると村澤さんの人間好きは案外、根深い人間不信の屈折した表現なのかもしれなかった。人の心はさながら新宿通りの路地裏のようである。単純明快に見える人は、見た通り聞いた通りの本当に単純な人はもちろんいるけれども、実は思いもよらない複雑怪奇なことをひとりであれこれ思案しつつ、意識してわざと単純明快を装っていることもある。村澤さんはまぎれもなくそのような人であった。

故郷に誘う

村澤さんのラーメンを食べ始めてから一年と半年余りがすぎたころ、村澤さんがぼくの郷里を訪ねてきたことがある。十年の昔にもなろうとする春の日の、光彩陸離たる出来事であった。ぼくの郷里は群馬県の寒村で、赤城山の東側の麓に位置しているというゆえをもって東村（あずまむら）と称されている。桐生織物の桐生市から足尾銅山の足尾町まで、渡良瀬川に沿って、黒川山中と呼ばれる山間（やまあい）を国鉄足尾線がのろのろと走っている。足尾線は典型的な赤字線で、遠くないうちに廃線となる運命が待っている。足尾まで一時間半。東村のぼくの生家に最寄りの花輪駅までは四十分。

ぼくは故郷東村のことを折に触れては村澤さんに話していたが、とりわけ繰り返して語り続けたのは父のことであった。ぼくの父は桐生市内の高等学校の教師で、国語と漢文を教えていた。貧しかったために（旧制度の）中学校に進学することができず、学校は郷里の花輪尋常高等小学校まででおしまいであった。小学校を終えて、わずかな畑を耕し、家業の養蚕のかたわら独学で群馬県の検定試験を受けてまず小学校の教員になり、さらに独学を続けて文部省の検定試験に合格して中等学校（現在の高等学校に相当する）の教師になったという努力の人で、強靭な意志の持ち主だった。お酒が好きで、夜ごとに一杯やっては、独学で修得した得意の漢学を家族相手に披露した。

論語にいう「家貧にして孝子出づ」というのはうそっぱちだ、自分の経験では家が貧しくては何しろ食べていくのがたいへんで、孝子の出るわけがないという話はとりわけお気に入りで、これは「家貧にして孝子出づることもある」とするのが正しいのだ、どうだわかったかと、得意満面家族一同を見渡してさもうまそうに一杯やるというふうであった。漢学にいう四書五経の中でも格段の難解さをもって鳴るのが易経で、これを読めるというのがまた自慢だった。無事に定年退職のあかつきには、易者になって全国漫遊の旅に出るのが夢であった。

ぼくはこの父が好きで、偉い人だと思っていたので、そんなこともみな村澤さんに聞いてもらいたくていつも父の話をした。東京でできたただひとりの友人の村澤さんを父に会わせたいと思い、ぜひ一度田舎に遊びに来てくださいと折に触れては誘い続けた。村澤さんはそのたびに、「よし、近いうちに必ず行くぞ」と、明日にでも出かけるかのような勢いで安請合した。

威勢のいい安請合がようようのことで実行に移されたのは、大学生になって二年目の終りの春休みに入ったときだった。帰省中の東村の我が家に村澤さんから電話があって、「おう、高瀬か。明日行くぞ」と言った。驚くべき唐突さだが、こんなふうに常に相手の意表をついて出るのが村澤さんの得意の流儀なのであった。

うれしく思いながらもいくぶん狼狽し、「行くぞといったってどこに行くんですか」と尋ねると、「おまえのうちに決まってるじゃあないか」と返された。ぼくは、「はい、わかりました。何時ころ来ますか」とまた尋ねた。すると村澤さんは、「そうだなあ。今日もこれから商売するから、明日の昼すぎの四時ころにでも行くかな」と応じた。こうして、あたかも隣村のおじさんが村役場の用事の帰りにちょいと立ち寄るかのような気楽さで、村澤さんが我が家に遊びに来ることになったのである。両親はあっけにとられ、妹はうわさに聞くラーメン屋さんに会えるというので興味津津の面持ちだった。母は、どんなふうにもてなしたものかと思案投げ首の様子であった。

故郷訪問を受ける

東京から東村に向うには上野駅を起点として二通りの道筋がある。ひとつは高崎線で群馬県の高崎に向い、高崎で両毛線に乗り換えて桐生に向う。もうひとつは東北本線で栃木県の小山に向い、やはり両毛線で桐生に向う。桐生から足尾線に乗り換えて東村に向い、最寄りの花輪駅で降りるのである。村澤さんは行き当たりばったりで、好き勝手な時間に上野駅にやってきて、停まっている汽車に乗り込むつもりだろうけれども、上野から桐生まではともかくとして、ぼくは汽車の時間をよく調べて、桐生まで出迎えなければならなかった。そのため当日は早々と起き出して、お昼すぎの四時ころにはやってくるであろう村澤さんをうまいこと桐生駅でつかまえるべく、足尾線で桐生に向った。

お昼ころから桐生駅で待つこと数時間。汽車が到着するとそのつど改札口に走り寄り、ひとりひとり検分した。だが、待てど暮せど村澤さんは現れなかった。ピリカに電話をかけても出る人はなかった。待ちくたびれて、もうこれきりにしてひとまずうちに帰ろうと何度も思いながら、一汽車また一汽車とやりすごした。最後の最後、もうこれで本当の最後と思い定めた汽車をむなしく悲しい気持ちで見送って、後ろ髪を引かれる思いでホームを見やりながら夕刻六時発の足尾線の車内に足を踏み入れた。顔をもどしてぼんやりと目を上げた。と、そこに村澤さんがいた。いつもの通りの屈託のない得意の笑顔で、「おう」と声をかけてきた。あわてふためいて、「どうしたんですか」と応じると、「どうしたもこうしたもあるか。おまえのうちに遊びに来たんだ」と言うのであった。高崎まわりか小山まわりかわからないが、ともかく桐生駅で降りたら、目の前にうわさに聞く足尾線が停まっていたから何のためらいもなく乗ったのである。驚嘆すべき唐突さであった。

花輪駅まで四十分の間、村澤さんは快活によくおしゃべりをした。何分にも通い慣れた足尾線のことであるから、周辺は顔見知りの人たちばかりであった。村澤さんは四谷のラーメン屋のスタイルそのままで、いつもの破れ帽子に木綿のズボン、それによれよれの上着をボタンもかけないままひっかけていた。自慢の髭もよく映えて、断然異彩を放っていた。花輪駅に着くまでのわずかな時間の間に、乗り合わせた乗客はみな総立ちで、上野動物園のパンダをはじめて見た田舎の団体さんみたような顔つきで、おっかなびっくり、もの珍しそうに、ひなにはごくまれな異様なオーラに包まれた村澤さんに注目していた。

衆人の好奇のまなざしは村澤さんの話し相手であるぼくにも及んだが、ひそかに交わされるひそひそ話の中に、「あれはつる屋のまあちゃんではないか」という声が耳に入った。東京の大学に行っているそうだが、あの髭の人はまさか同級生ではあるまいなどと言うのであった。つる屋というのは東村で我が家の通称になっている屋号で、高瀬家の家屋は明治初期に当時の当主が旅籠にするつもりで建てたのである。ぼくは村澤さんのおかげで得意の絶頂に押し上げられ、誇らしく、とてもよい気分であった。さぞかしいっぱいに胸を張って、衆人の環視など気づきもしない顔をして、ことさらに平静を装いながら村澤さんが繰り広げるおもしろい話に大げさに迎合して相槌を打ったり、ときには薄暮れの車窓を指さして風景や地名の解説を試みたりしていたことであろう。奇想天外な四十分であった。

それから十年を越えようとする歳月が過ぎ去った今、ぼくはひとつひとつの情景を丹念に思い起しながら、こうして村澤さんのことどもを書き記している。村澤さんは群馬県の山村に我が家を訪ねた日のことを、ときには思い出しもするのだろうか。あるいは、もともと放浪癖のある人であるから、商売の途中でちょいと群馬県まで出かけてみただけのことで、格別の印象も心に刻むこともないままにすっかり忘れ去ってしまっているのであろうか。ぼくはといえば、こうして村澤さんのことを回想するたびに、楽しさともうれしさとも、懐かしさとも悲しさともそれぞれ微妙に食い違う感情が心のどこやらからしみだして、胸をいっぱいにふさいでしまい、思いもかけず涙ぐんでしまうことがある。この得体の知れない感情の正体はいったい何なのであろうか。

我が家にて

いよいよ我が家に到着すると、まず迎えに出た母が、村澤さんの風体を一目見るや、びっくり仰天の面持ちで目を見張った。奥から身を乗り出して村澤さんを眺めた父は、驚きと困惑で苦笑するばかりだった。こんな人は東村では見たこともないし、日本中をくまなく探し歩いてもおいそれとは見つからないであろう。両親にとっても生れてこのかたはじめてお目にかかるタイプの人であったにちがいない。浮浪者みたようでいながら、立居振舞を見ればそうでもない。母はあとで、「あの人は着ているものは粗末だけれど、ちゃんと洗濯してあるね」と耳打ちした。ずっと後まで折に触れては繰り返していたところをみると、よほど感心したのだろうと思う。

村澤さんは畳に両手をついて、不恰好ながらていねいにお辞儀をして、「村澤です」と挨拶し、雑嚢(ざつのう)からかねて用意の手土産のアマンド（六本木の洋菓子店）のケーキを差し出した。どうして思いついたのか、手土産など持参したこともさることながら、「これはつまらぬものですが」と型通りの口上を口にするのがおかしかった。

それから酒盛りが始まった。酒の肴は村内ただ一軒の魚屋(さかなや)「うお新」から取り寄せたまぐろのお刺身である。お酒の大好きな父は、酒好きでは人後に落ちない村澤さんと盛んに酌み交わした。村澤さんはぼくの子供のころのあれこれやら、教育方針やら、つまらないことを次々と父に尋ねた。最初こそなんだか遠慮がちだった父も、たちまちいつもの調子を取り戻し、得意の講釈を披露した。村澤さんもおもしろがって、調子よく相槌を打った。かねがね聴衆の無気力さに大きな不満を隠さなかった父は、張り合いのある有力な聞き手の出現を喜んで、弁舌はますますさわやかになった。母と妹はといえば、父と村澤さんのあまりに珍妙な取り合せに笑ってばかりいた。

やがて夜も更けてそろそろ寝ようということになって、お茶の間から布団の敷いてある客間に移動した。上京して以来、ぼくが連れてきたはじめての友に対する歓待の意をいかにして表そうかと、かわいそうなほどにおろおろしていた母は、二階から客用の分厚い布団を降ろしてきて、敷布団を二枚ずつ敷き、掛布団も二枚ずつかけた。もそもそともぐりこむと、敷布団のふわふわに身体が沈み、掛布団の重さに身動きがならなかった。村澤さんは「これはすごいな」と言った。わけても敷布団の分厚いことにはひときわ強烈な印象を受けたらしく、東京にもどってからとぼとぼ亭のお客さんたちにぼくを紹介するという場面になると、決まってこのときの情景描写が登場した。「なにしろ布団の厚さがこんなにあるんだ」と言って、両手を目一杯に広げてみせたりした。

スケッチブック

田舎のことで、夜ともなれば恐ろしいまでに完璧に静まりかえり、物音といえば、二階の板の間を走り抜けるねずみの足音と、父のいびきと、ときたまの自動車の走行音くらいのものである。

花輪地区の家並みは県道に沿っていた。真っ暗闇の中で身動きもできないままにじっとしていると、何やらかすかな持続音が耳につき、そのまま連続的に音量が豊かになり、ちょうど家の前で最高潮に達して遠ざかりつつ消えていくというふうで、その対照の妙がぼくと村澤さんの間に一種不可思議な情感をかもしていた。村澤さんも先刻気になっていたとみえて、「おっ、またくるぞ、ほらきたきた、どうだ」などと自慢したりした。ぼくはそのたびに、「あっ、ほんとですね」とまっとうな返事をした。

そうこうしているうちに、村澤さんは「なかなか寝つけんなあ」とつぶやいて、よいしょとばかりにむくむくと起き出し、雑嚢に手を伸ばしてたばこを取り出して、「灰皿はないのか」と言った。ぼくは「はい、ただいま」とばかりに重たい布団から這い出して、茶の間から灰皿をとってきた。村澤さんの雑嚢には、その名に恥じない多種多様のあれこれが放り込まれていたが、そのひとつを取り出して、「おれはおまえのうちに遊びに来るのにだって、ちゃんとこういうものをもってくるんだ」と言いながら、スケッチブックをぱらぱらとめくってみせた。最初の頁に女の人のデッサンが見えた。「これはおれのおふくろだ」と村澤さんが言った。なるほどそこに描かれているのは確かにピリカで何度もお目にかかったことのある人の上半身像だった。手に取ってもう少しよく見ようとしたら、「おい、そんなに見るなよ」と、子供っぽいはにかんだような笑みを見せて、さっと取り上げてもとどおり雑嚢にもどしてしまった。

ぼくが村澤さんの絵を見たのはこの瞬間が最初にして最後である。そうして、どう見ても本職のラーメン屋としか思えない村澤さんの生活ぶりにもかかわらず、村澤さんを絵描きと信じて疑わないのも、時ならぬこの一瞬の情景の鮮明な印象によるところが大きい。村澤さんのお母さんも、村澤さんが自分のデッサンを描いているとは知らなかったろうと思う。

道楽園音頭を歌う

翌日は朝から足尾線に乗って足尾銅山の見学に出かけた。二人並んで村内(むらうち)を歩くときも、足尾線の車中でも、田舎の人たちはみな一瞬あっけにとられて、好奇心を丸出しにして、ぼくと村澤さんの珍妙なコンビに目をむいていた。

午後、再び足尾線に乗り、花輪駅をやりすごして隣町の上神梅(かみかんばい)駅で降りた。昨夜来の約束で、この駅の近くにある「道楽園」という、まことにいかがわしい名前の料理屋で、勤務先の桐生から早めに帰ってくる父と合流して夕ご飯を食べる手筈になっていた。父が乗っているであろう汽車が到着するまでの少しの間、渡良瀬川の河原に降りて、川に石を投げたり、草の生え具合のちょうど手ごろな場所を見つけて寝転んで日向ぼっこをしたり、魚を探そうとして川の中の大きな石の下を棒切れで突っついたりした。渡良瀬川の川辺に生れ育ってこのかた、ぼくは村の子供のだれもがするこんな遊びを、それまでにだれともしたことがなかった。こんなたわいのないことどもが、よく晴れた春の一日の、楽しくてならない生涯の思い出になったのである。

このようなときの常として、主導権は完璧に村澤さんが握っていた。日向ぼっこなど、自分で勝手によさそうな場所に寝転んで、「おまえもそこに寝ろ」と草のベッドを指定した。ぼくはいつも必ず「はい」と応じ、決してさからうことがなかった。まことに主体性皆無の没我の心事だが、村澤さんにあれこれと指示されてその通りにするのは少しもいやではなかった。

渡良瀬川を渡って高台に上がると、上神梅駅を中心にして足尾線が両脇の山間から出没する光景が目の当たりに広がった。やがて桐生方面から、父が乗っていると思われる二両編成のマッチ箱のような足尾線がゆるゆると迫ってきた。あたり一帯は春浅い山村の典型的風景で、澄み渡った空の下で、まことにのんきな風情に満たされていた。村澤さんは、「あっ、きたきた」と言って、両手を盛んに振り回して、足尾線に向って「おおい、おおい」と叫んでいた。狂気の沙汰というよりほかにないけれども、ぼくはただおかしくて笑い転げていただけで、村澤さんの頭がおかしくなったとは思わなかった。

汽車が停まり、父が降りて、はるか目の下をとことこと橋を渡ってこちらに向ってきた。村澤さんは父の姿を目にするや、なんと胸ポケットから小さく折りたたんだ日の丸の旗を取り出して、足もとに転がっている木の棒にくくりつけて、「おおい、おおい」と叫びながら盛んに振り回した。父は遠目にも苦笑をこらえつつ、相変らずとことこと歩みを運んでいた。狂気もここにきわまったという感が深かった。

道楽園を経営する人は父の高校での教え子で、店の名も父がつけたのである。山菜料理や猪の肉料理やら、道楽園自慢の料理をいただきながら、いかにも豪放磊落そうに見えるお腹の出っ張った主人を交えて酒盛りが始まった。道楽園音頭というテーマソングがあり、父が作詞して、メロディーは桐生音頭という出来合いのものを借用するのであった。「味もよし、眺めまたよし道楽園」という調子の、何だかうさんくさいけれども店の雰囲気にぴったりの歌詞で、特にこの一節は道楽園のキャッチフレーズになっていた。村澤さんはこれをもじって、「味もよし、ひげもまたよしとぼとぼ亭」などとやって、「やあ、これはいい」とひとり悦に入っていた。父と道楽園の主人が道楽園音頭を披露すると、村澤さんはお返しに東京音頭を歌った。こうしてこの日もまた山村の日常性をはるかに超越した一日がすぎたのであった。

真里江さんの電話を受ける

家にもどってみな茶の間に集まってお茶を飲んでいるところに、真里江さんが電話をかけてきた。まず母が出て、それから村澤さんに代った。村澤さんは、「そんなこと言ったって、むちゃくちゃ言うな」などと、よく意味のわからないことを話していたが、ややあってなぜかぼくに受話器を渡し、「真里っぺがおまえに代れと言ってるぞ」と言った。

代ってみると、真里江さんが、「あっ、高瀬さん、朋也さんがお世話になってます」と世話女房みたようなことを言い、続いて、「はじめての方のお宅に突然おじゃましておかけして申し訳ありません。ついては心苦しいので明日早々にも東京に帰してください。でなければ私がそちらに出向きます。ではまた朋也さんに代ってください」と、わけのわからないことをほとんど抑揚のないクリスタルな口調で一気にしゃべった。朋也さんというのは村澤さんの名で、みなに「ともやさん、ともやさん」と呼ばれて慕われていた。

　ぼくは曖昧模糊とした声で「はあ」と応じて村澤さんに受話器をもどした。すると村澤さんは、「今日は足尾に行って、道楽園に行って、今帰ってきてみんなで楽しくお茶を飲んでせっかくいい雰囲気になっているところだというのに、めちゃくちゃ言ってぶち壊そうとするとは何事だ」と怒った声で言い、「もう勝手にしろ」と電話を切ってしまい、「いやあ、あいつは」と、さも弁解がましく釈明しようとしたところに、またかかってきた。村澤さんは、受話器を取るや否や、「うるさい」と一喝して電話を切った。すると、切るや否や、間髪を入れない勢いでまたかかってきた。村澤さんは、「おまえは高瀬のうちの迷惑を少しは考えないのか」と説教して電話を切った。そんなことが数回繰り返された。

　父はなんだかにやにやしているし、母と妹は顔を見合わせてさも意味ありげに口をおさえてくすくすと笑っていた。真里江さんは、村澤さんが自分を無視して勝手に群馬県などに出かけてしまったのが腹立たしいのであった。この場合、本質は、村澤さんが自分をおいてきぼりにしたというただ一点に宿っているのであるから、今からでも遅くはないからおまえもこっちに来いと村澤さんがひとこと言いさえすれば、それで丸くおさまったのである。真里江さんは、村澤さんがそう言うまで何度でも電話をかけ続けるつもりだったのである。このあたりはわがままいっぱいの真里江さんの面目が躍如としているが、結局、電話攻勢に負けてしまった村澤さんが折れて、明日帰るということに話がついた。村澤さんはいかにもばつが悪そうで、照れくさそうにするばかりであった。

母がぼくにそっと耳打ちして、「真里江さんは村澤さんのことが本当に好きなんだね」と言った。

赤城山

三日目は赤城山に登ることになった。赤城山は榛名山、浅間山と並び称される群馬県の三名山のひとつである。この日も穏やかなよい天気だった。昨夜唐突に生起した状勢変化に鑑みて、村澤さんは赤城山に登ってそのまま東京にもどることになったので、家族一同みなで玄関先まで見送った。母はお土産をもたせたりしながら、「正仁をよろしく頼みます。悪い遊びを覚えさせたりしないでくださいね」などと言った。

母は村澤さんの人柄に大いに好感を抱いたけれども、それはそれとして、母にしてみれば、将来は高級官僚やら商社マンやら銀行員やらになるであろう立派な同級生たちを連れてきてほしかったのである。休暇のたびにいつもひとりきりで帰省して、友人の話といえばラーメン屋の村澤さんのことしか話さないぼくに向って、母はよくそんな愚痴をこぼしていたが、ぼくは露骨な仏頂面（ぶっちょうづら）をもって答えるのが常であった。

　足尾線で桐生に出て、桐生で両毛線に乗り換えて前橋に向った。前橋の駅前からバスで赤城山の山頂に直行する計画だったが、便数が少なくて一時間以上も待たなければならないと知るや、「よし、タクシーで行こう」と村澤さんが提案した。ぼくが「でも、お金がかかりますよ」としけたことを言うのを尻目にかけて、「いいから、いいから」とさっさとタクシーに乗り込んで、「おまえも早く乗れ」と催促した。こうしてバスなどよりもはるかに快適なドライブが実現し、四十分ほどでたちまち山頂に到着した。

　頂上には大沼、小沼という二つの沼があり、冬になると絶好のスケート場になってにぎやかである。春もなお浅い三月下旬のことで、冷たい空気が心地よかった。人影のまばらな大沼の周囲をぶらぶら歩き、氷の融けていないのを確めながらそっと沼に足を踏み入れた。おそるおそる歩みを運べば、みしっという音とともに足もとがゆらぐことがある。そのつど反射的に飛び退いて沈没を防いだが、繰り返すうちに足首までがぐっしょりとぬれた。大沼に突き出した恰好の小鳥ヶ島と呼ばれるささやかな岬があり、「よし、あの島に上陸だ」という村澤さんの掛け声に「はい」と元気よく返事をして、おっかなびっくり足もとに気をつけながら意気揚々と上陸すれば、志賀直哉の文学碑があって、「雪の日」の一文が刻まれていた。

昼食にしようということになってうどん屋に入ると、奥の上がり端（あがりはな）に番傘が立て掛けてあった。いち早く目をつけた村澤さんがぱっと開けば、墨も黒々とお店の屋号が書かれていた。村澤さんは「うん、これはいい」とすっかり気に入った様子で、ぜひ売ってくれるようにと店のおばさんと交渉を開始した。そうして、これは売り物ではないからと苦笑するおばさんに強引に頼み込んで、とうとう手に入れてしまった。

うどん屋の屋号入りの番傘を売ってくれろという客も珍しかったろうと思う。おばさんは意表をつかれ、あれよあれよというまにゆずり渡さざるをえない羽目におちいってしまったが、あとでさぞ悔しがったにちがいない。村澤さんのお供をするといつもこんなふうで、何でもないことのあれこれがみな楽しかった。

山を降りて

帰りはバスに乗った。バスが走り出すや、村澤さんはかねて用意の棒切れを取り出して、ぐっしょりぬれた靴下を脱いでしばりつけて窓から差し出した。まことに貧相な、日の丸ならぬ靴下の小旗が、バスとともにゆるやかなカーブを描きつつぱたぱたとはためいていた。奇想天外な光景で、ぼくはおかしくてたまらずに笑い転げたが、乗り合わせた乗客はみな声もなく唖然とするばかりであった。ひとり村澤さんのみが、これっぽっちもにこりともしないで、すました顔つきで靴下の小旗を振っていた。

前橋駅前で、上州群馬県の侠客国定忠治の名にちなむ「忠治漬（ちゅうじづけ）」という名物の漬物をお土産に買い、夕刻、村澤さんは東京に帰っていった。ぼくはホームで見送り、四谷での再会を約束して握手した。発車のベルが鳴った。村澤さんは、「いやあ、世話になったな。おやじさんとおふくろさんによろしく言ってくれ。おまえのおやじさんは、おまえの話では謹厳実直な頑固おやじみたいに思っていたが、全然違うじゃないか。だるまさんみたいな人だな」と手短に感想を述べて、「じゃあな」と恰好つけて片手を上げて、にこにこっと笑ってあっけなく行ってしまった。ぼくは見送りの定石に従って、列車が見えなくなるまでいつまでも手を振っていた。村澤さんのもたらした夢のような春の嵐はこれで終った。明日からはまた退屈な山村の日々がすぎるのである。すっかり気が抜けて、頭にすっぽりとかすみがかかったようだった。東村に帰ろうとして両毛線に乗ると、二、三の村の知り合いがいた。ぼくが村澤さんを見送っている場面を見ていて、あの異様な風体の髭の人は何者だろうとうわさをしていたところであった。ぼくは得たりとばかりに、あの人はかくかくしかじかでと講釈を始めて、桐生で足尾線に乗り換えて花輪に着くまでとまらなかった。

花輪駅で降りて講釈も終焉すると、またしてもぐったりと気が抜けた。今度は先ほどよりもずっと重症で、とうとう二週間後に上京するまで恢復しなかった。村澤さんの訪問は、我が故郷東村において、まことに特異な痕跡を随所に刻み残したのであった。

東京見物

村澤さんがぼくの故郷を訪れたころには、ぼくと村澤さんの不思議なお付き合いもすっかり佳境に入っていて、ときにはぼくの下宿に泊りに来ることもあった。下宿はクリーニング屋の二階の四畳半で、学生ばかり四人の下宿人がいた。下宿人専用の小さな入口のドアを開けると、ひどく狭くて傾斜の急な階段があった。

ひどい雨で、これではいくら年中無休を誇るとぼとぼ亭といえどもとても商売になるまいなどと思っていた夜も更けたころ、ドアがかすかに開く音とともに、「おおい、いるか」と村澤さんの大声が鳴り響いた。クリーニング屋の館内はおろか、四谷一帯に響き渡るような声だった。ぼくを訪ねてくる際の昼夜を分かたない常套手段であった。とうに寝静まっているであろう人たちのことを思いやって、雨にぬれた登山靴をそっと脱いで、狭苦しい階段を忍び足でのぼり、ぼくの在不在を確めるというような当たり前のことは、天から思いつかない人だった。

ぼくはまたしても意表をつかれ、びっくりして、「はい、います」と村澤さんに負けない大声で返答した。村澤さんが訪ねてくると、たいていは、「どうせひまだろう、ちょっと出ないか」と誘われた。ひまはひまでもあれこれと勉強の計画を立てたりすることもあり、読みかけの本などもあった。昼は何かと時間がつぶれ、夜が更けて、雨に閉ざされて、さあこれからと明け方までの数時間が楽しみだった。だが、村澤さんが訪ねてきてくれるのはそれ以上にうれしくて楽しかったから、いつでも、「はい、行きます」と元気に応じてついていった。

出かける先はさまざまだった。焼き鳥屋のこともあるし、バーやスナックのこともあった。ラーメン屋に入ったこともあれば、酢豚（スーパイコ）を食べようと言って、タクシーで中野駅前まで遠征したこともあった。どんなところでも、村澤さんが連れていってくれるのは未知の世界ばかりであった。ぼくは行く先々でもの珍しそうにして、落ち着きのない態度に終始した。村澤さんはそんなふうにしているぼくの挙動をおもしろがって、この男は群馬県の山奥から出てきたやつでなどと、細部を省略し、大筋を極端に誇張してあちこちで紹介して楽しんでいた。

村澤さんは金払いがよく、いつもポケットに千円札と一万円札の束を二つ折りにして突っ込んでいて、お金を払うときは全部つかみ出して景気よくぱっぱっと支払った。いくら、あっそう、はいよ、という調子でまったくきっぷがよかった。なんだか、よっしゃ、よっしゃの田中角栄みたいだった。話題も豊富で、意外と細やかに気を遣って人をあきさせないうえに、何しろ異様な人相風体がかもしだす独特の雰囲気に包まれていて、どこに行っても人気があった。

せんべい布団

遊び歩いたあげく、タクシーでぼくを送り届け、「じゃあな、また明日商売に来るから」と手短に声をかけて帰ってしまうのが常だったが、あるとき、「よし、今日はおまえのうちに泊ろう」と唐突に言って、またしてもぼくの意表をついた。泊ろうといっても客用の布団がありませんとおずおずと申し出るぼくの抵抗は、おまえのせんべい布団を半分ずつ使えばいいじゃないかと、いともかんたんに排除された。だけど汚いですよとぐずぐず言っても、あとはもう、いいから、いいからと全然相手にされなかった。

こんなふうにして村澤さんはちょいちょい泊った。春夏の長い休暇で留守にしている間にも、友だちとお酒を飲んだ帰りに連れ立って勝手に上り込んで泊っていくこともあった。

ある日の晩、村澤さんはいつになくしんみりとした調子になり、せんべい布団に横になっていつでも眠れる状態にしておいて、「ああ、いい気持ちだ。よし、今日は寝物語におれがラーメン屋になった経緯（いきさつ）を話してやろう」と言った。かねがね一度は聞いてみたいと思っていたことではあったが、何か言いにくい特別のわけでもあるのかもしれないとも思われて、聞いてはいけないような気がしてついつい聞きそびれていた話でもあった。ぼくは興味津津で、村澤さんの話を聞くときはいつでもそうするように、はあ、はあ、と相槌を打ちながら耳を傾けた。

ある年の秋、ぼくはたまたま見かけた雑誌に、商売中の写真とともに村澤さんが紹介されているのを知った。そこにはかつて四谷のクリーニング屋の二階で聞いた寝物語とまったく同じ話が、口調もそのままに再現されていた。

ぼくが十七ぐらいのときに、新宿一丁目あたりを回ってた、かなり年配のおじさんなんだけどね。チャルメラ吹いて通るわけよ。石油ランプ台のところに、十円玉置いとくと青くなるじゃない。あんな色をした笛が置いてあってね。ソバ作ってる間じっと見てて、あチャルメラの音がする笛ってこれなのか、いいなあって思ってね。その不思議な異国ムードがいつも魅力だった。まさか自分がそんなもの吹くとは思わなかったなあ（笑）。

ぼくは油絵が描きたくって、絵の具代欲しさに『サンケイ・スポーツ』の月収八〜十万っていう求人広告にとびついて屋台をひっぱり始めたわけよ。そのころ大卒の初任給が二万円ぐらいで、破格のバイトだったからね。東京オリンピックの年（六四年）だったな。

最初の三日は他の人について教えてもらうんだけど、わかんないから革靴に背広って格好でやったからスープはこぼれるしメチャクチャだったね。アルバイトって気持で二日おきに行ったりすると、屋台貸してもらえないから、毎日やったね。休まずに引いても、月三万円ぐらいしかならなかった。すぐに八万稼げると思って入ったから、世の中うまい話なんかないもんだと、つくづく思ったよ。

当時は、ラーメン一杯六十円だったから、毎日百杯売らないと十万は稼げなかった。ビギナーなんて四十杯売れればいいほうだったね。何箇月か経てば、百杯でも売れるんだけど最初からってのは、やっぱり甘いわけよ。

あのころは、日本始まって以来の好景気で、屋台引いてる人も昼間の条件のいい仕事見つけて辞めていく人が多かったね。だれもが勤め人になれる時代になってきたってことだったんだな。

終戦後、ずっと何台も屋台をもってやってきたおやじさんも、とうとう念願がかなってというよりも、屋台の時代は終ったんだって感じで廃業しちゃった。そのときに、ぼくも足を洗うはずだったんだけど、おやじさんに〝何かの役に立つかもしれないから、持ってけ〟って屋台を一台もらったのね。

おもしろいもらいものだと思って家の近くに鎖でつないどいたんだ。

おやじさんが中華料理店を始めたので、ぼくも、一、二度そこに行ったわけ。そのとき、屋台は雰囲気で食べさせるものなんだってはじめて思ったのね。味は屋台のラーメンと変らないんだけど、おいしくないんだよね。

屋台のラーメンっていうのは、夜中にチャルメラを吹いてくる、トボトボ歩いてくるリヤカーの感じ、立喰い、深夜のムードなんかの総合的なものでおいしいって思うんじゃないかな。雰囲気が一番大切なわけよ。

屋台をもらって半年ぐらいたったある日、見よう見まねで七十個のそばを仕込んで歩いてみたら、すぐ売り切れちゃったんだ。屋台が少なくなって珍しい珍しいって食べてくれたんだ。やった！これだって思ったね。

そのころね、友だちとデザイン事務所をやってて、昼はそこで働いていたわけよ。屋台と同時にやってたのね。不器用なぼくには机上の仕事はどうも不向きで、油絵も描きたかったし、屋台一本で食うようになったわけだよ。友人のひとりが「村澤さんは大きな絵を描いてください。百号ぐらいの絵がドカドカ描けるようになったら再会しましょう」って言ったのをきっかけにそこを抜けたんだ。その人にはまだ会えないでいるけどね。

おやじさんの店に行ったことで、店のラーメンよりうまいものを屋台で食べさせることができるんじゃないかってことで本格的になったんだな。

これは村澤さん一流のきどった話しぶりである。村澤さんはよくちょいときどって訳知り顔の話し方で人を煙に巻いておもしろがっていた。来し方を語るなど、照れくさくて仕方がなかったのであろう。十年の昔の雨の夜にも、村澤さんは「こんな話はおまえに話すのがはじめてだ」と、しきりに「はじめて」を強調したものだった。

それにしても村澤さんは本当に絵描きなのであった。屋台のラーメン屋になったのは絵の具代欲しさのためだったのである。ラーメン屋の村澤さんはやはり世を忍ぶ仮の姿だったのであり、かねがねぼくの思っていたとおりであった。ぼくは深い感動を覚え、うれしくてならなかった。村澤さんのためなら、微力ながらできうる限りありとあらゆる支援を惜しまないであろう。

借金の名人

金払いがよくてきっぷのいい村澤さんは借金の名人でもあった。ぼくは村澤さんの借金には本当にひどい目にあった。なつかしさばかりの陰影に覆われた村澤さんの思い出も、ひとたび借金にまつわる話に及ぶならば、たちまち無限連鎖反応が巻き起り、尽きることを知らない事態におちいってしまうのである。

最初はほんの何気ない調子で、ちょっと小銭の持ち合わせがないから百円貸してくれというふうであった。お付き合いも佳境に入ったころで、みずからはじめて語るというとぼとぼ亭の故事来歴をじきじきに拝聴する幸運に恵まれたりもしたことであり、村澤さんのためなら何でもするような勢いで、百円ぼっちでなく五百円もっていってくださいと応じた。こうして書き記すのも気恥ずかしいようなみみっちい話だが、十年の昔のことであり、今ならちょっと千円貸してくれと請われて、どうぞどうぞと千円札を二、三枚差し出すような感じであろうか。

五百円を手渡すと、村澤さんはみえすいた遠慮などしない人であるから、「そうか、悪いな」と言って、実にすがすがしい態度でさっと受け取った。そんなことがときおりあった。だが、貸したお金はいつでもそれっきりで、決してもどってこなかった。ぼくは一度も催促しなかったし、村澤さんの話が借りたお金に及ぶこともまったくなかった。

百円とか五百円とかのこじんまりとしたお金でも、ぼくにとっては日々の生活にたちまち大きな影響を及ぼしかねない金額であった。唯一の収入源は親からの仕送りで、月々三万五千円ほどであった。家庭教師などのアルバイトは勉学の妨げ以外の何ものでもないという、単純で堅固な信念があったから、何が何でもやらなかった。楽をしてお金をもうけてはいけないとも思い、第一、アルバイトなどすれば、多少ともつきまとうであろう対人関係にとうてい耐えられなかったであろう。

一箇月三万五千円で、一万円の家賃を払い、生活費は一日七百円をモットーにして、いちいちお金の勘定をしてすごしていた。コーヒー一杯もたいへんだった。一日でもお金の勘定をやめたりすれば、ぎりぎりの均衡がかろうじて保たれている貧しい家計はたちまち破綻の危機に瀕してしまうのであった。そのあやうい破綻が、村澤さんにお金を貸すようになってからたちどころにやってきた。最初のうちこそやりくり算段をしていたが、貸したお金の額は次第に大きくなっていくばかりであり、ほどなくしてにっちもさっちもいかなくなった。ぼくはもどってくるあてのないお金を貸し続け、村澤さんはそのつど、「おう、悪いな」とひとこと言って、いっこうに悪びれないすがすがしさでどんどん借りていった。昨日の雨で商売ができなかったから、今日の仕込み代の支払いがいるんだ、というふうな借金の理由を聞かされることもまれにあったが、たいていは、ちょっといるから貸せ、ということで話がつくのであった。あるときなどは、お昼になってまだ寝ているときに、例によって「おう、いるか」と大声で起された。その日は恒例の仕送り日で、村澤さんは委細承知のうえでちゃんとねらいを定めてやってくるのであった。

あわてて飛び起きて、顔も洗わないであたふたと階段を走り降りると、村澤さんは悠然たる様子で「おう、昼間から悪いな。金は着いたか」と尋ねてきた。仕送りの振込先の富士銀行の四谷支店に連れ立って出向いて確認すると、千円未満の残高しかなかった。「まだ振り込まれてないようです、どうもすみません」とあやまると、村澤さんは「そうか。弱ったなあ。よし、それじゃあ、ちょっと親父さんに電話してみろ」と言って、ポケットから百円玉をいっぱいつかみ出した。父は仕事中である旨をおずおずと申し出ると、勤め先に電話すればいいじゃあないかと、当たり前ではないかと言わんばかりの調子で一笑に付されてしまった。

ぼくはそれまでに勤務先はおろか自宅にも電話をかけたことはめったになかったし、ましてもうお金がないから早く送ってほしいというような要求は何が何でもしなかった。そのためにこそ、日々のお金の勘定を欠かさずに、無駄遣いを極力避けるように努めていたのである。ところが村澤さんの手にかかると、そんなぼくの気遣いは吹けば飛ぶようなつまらないことにすぎないのであった。

仕方なくいやいや電話をかけて、仕送りがまだだがどうしたのかと尋ねると、父は、「今日、お母さんが桐生に出て送ったはずだから明日にも着くと思うが、それにしてもなんだ、そんなぎりぎりに使ってしまわないで、考え考え使って、いつでも千円くらいの余裕を残しておけ」と言った。まったく情けなかったが、村澤さんに対して腹が立つのでもなく、ただただ情けなさが鬱屈して深まるばかりで、不思議な気持ちだった。村澤さんは「それじゃあ、仕方がないな。じゃあ、また明日来るから」と言い残して立ち去った。これからピリカにもどって商売の仕込みにかかるのである。ぼくのところに借金にやってくるのは、これを要するに朝飯前の一仕事というやつなのであった。

ぼくはといえばその日の食費もなく、完全に素寒貧(すかんぴん)で、どうにもこうにも身動きがならなかった。今日はもうこれだけしかないんですがと、十円玉が二、三個入っているばかりの財布を見せて、おずおずと窮状を申し述べると、村澤さんは破顔一笑、高笑いして、「そうか。素寒貧はよかったな。それじゃあ、とりあえずこれで何とかしておけ」と言って五百円札を一枚渡してくれた。そうして「今晩商売に来るからそれまで生きてろよ」などと言って、いつものように「それじゃあ」と恰好つけて片手を上げて帰っていった。

喫茶店にて

貸したお金はもどってこないけれども、そのころは何とはなしにラーメンは何杯食べてもただということになっていた。なにしろお金がないので、夜ごとのラーメンも重大な主食の一環で、なくてはならないかけがえのない一杯だった。もとはといえば村澤さんのせいであわずともいい哀れな目にあっているのであるから、ラーメン代の無料据え置きくらいのことは当然であった。だが、ぼくはといえば、四谷名物ひげラーメンをただで食べられるのは東京広しといえどもぼくくらいのものだと思い、それが自慢でうれしくてならなかった。

翌日の昼、約束どおり村澤さんが再びやってきた。そろって富士銀行に出向き、お金をおろして近くの喫茶店に入った。三枚の一万円札と五枚の千円札をテーブルに広げ、村澤さんがぼくの必要経費を勘案して一方的に分配した。これはおまえの今月分の家賃と言って、まず一枚の一万円札を渡された。それから、とりあえずの食費と言って、千円札を五枚渡された。そうして、あとはおれが借りておくと言って、残りの二万円をポケットにねじこんだ。ぼくは何となく釈然としない思いを感じつつ、はあ、はあ、と曖昧模糊とした相槌を打って、成り行きに身をゆだねるしかなかった。使い道の詮索もしなかったし、いつ返してくれるのかとも尋ねなかった。

喫茶店を出るとき、村澤さんは

「よし、ここのコーヒー代はおれが払っておく。いいから、いいから」

と言って、たった今獲得したばかりの一万円札で支払った。村澤さんにとって、ぼくは「あるとき払いの催促なし」を地でいくような、まことに都合のよろしい金貸しであった。強いて挙げれば財源がとぼしいのが難点だったであろう。ぼくは村澤さんに、「おまえは偉い。おまえのようなやつは日本中探してもいないぞ。何しろ仕送りの当日に全部もっていけと言うんだからな」とほめられていい気分になったりした。まことに極楽とんぼのきわみであった。

古書を買う

こうしてぼくはとうとう今日明日の食費にも事欠くという、あわれなその日暮しの境遇におちいってしまった。だれに話してもこんなことは信じてもらえなかったであろう。両親に事情を話して金策を講じようとしたなら、万一信じてもらえたあかつきにはあきれかえって激怒したにちがいない。四谷の難民と化してなおなすすべを知らないぼくの常識のなさを指摘し、村澤さんに直談判に及んだであろう。そんなことになっては一大事であるから、ぼくは我が難民生活をだれにも話さなかった。村澤さんのためになっているのであるから無駄遣いをしているわけではないし、自分さえがまんすればすむことだからと考えていたような気もするが、そんな思考回路には、自己犠牲の陶酔のかもしだす偽善めいたにおいもそれなりにただよっていた。もしだれかに話したなら、果してそのあたりの感情の機微を自覚せずにすませることができたであろうか。

それにしてもお金がないのは本当にやりきれなかった。長年の習慣で相変らず神田の古本屋街に出かけたりはしていたが、一冊の文庫本も買えなかった。探していた古書をようやく見つけても、三省堂や信山社でおもしろそうな新刊書を手に取って眺めてもどうにもならなかった。村澤さんの手に渡ったお金がもどってきたときのことをときおり想像することもあった。全額がいっぺんにもどってくればこれだけの本が買える。半分だけならあの本とこの本。四分の一ならこの本というふうにいろいろな組み合わせを考えると楽しかった。だが、ぼくが貸したお金の累計を克明に記憶しているのとは裏腹に、村澤さんはといえば、そんなみみっちいお金の勘定は忘れ去っているにちがいなかった。

あるとき古書店で一冊の本を見つけ、どうしても買いたくてならなかった。四千五百円だった。わずかばかりの手持ちではどうにもならないが、まだ支払っていないその月の分の家賃があった。逡巡のあげく村澤さんに電話して事情を伝え、四千五百円だけでいいから返してもらえないでしょうかと遠慮がちに訴え出た。すると村澤さんは、

「そうか。ようし、わかった。今晩もっていくから安心して買え」

と安請合して、大いに激励してくれた。ぼくは「突然無理言ってどうもすみません」と丁重に礼を述べた。おろかしい話ではあるが、ぼくは久しぶりに本が買えたのでうれしくてならなかった。

ところが、その夜、世間話ばかりでいっこうに返済の気配を見せない村澤さんに業を煮やして、おそれながらと訴え出ると、今日は売れ行きが悪いからもうちょっと待てというお達しであった。そうしてそれっきりだった。村澤さんの手にかかると、深慮遠謀の産物も何もかもみ

ないっしょくたになしくずしにされてしまうのであった。昼に味わったばかりのつかのまの喜びの唐突な消失はともかくとして、どうやら今度は家賃の支払いの方法を真剣に検討しなければならないはめにおちいったようであった。ぼくは途方に暮れて長嘆息するばかりで、またしてもなすすべを知らなかった。

松葉のおばちゃん

月末が近づくにつれて、家賃に起因する精神的緊張は日ごとに高まるばかりであった。いかに深いはかりごとをめぐらせど、ないものはないのであるから、どうにもなるわけがなかった。そんなことは承知のうえでだらだらと思いあぐねたのは、あわよくばの期待もいくばくかはあったとしても、ひとえにぼくのきわめつきの優柔不断の性格のためであった。

いよいよ待ったなしになったときにようやく固まった決意といえば、それなりの本をいやいや売却することであった。それまでにもいくたびかちらちらと念頭に浮かびはしたが、みじめな気がしてそのつど打ち消していた考えである。だが、ほかにいかんともしがたかった。まとまったお金を手にするには雑本ではだめだから、ぐずぐずとためらいを重ねたあげく、岩波講座『哲学』全十八巻を売ることに決めた。月々一冊ずつ配本されて、ようやくすべての巻が揃ったばかりのしろものだった。

ああいやだ、いやだとため息をつきながらかばんに詰め込んで、そのころ毎日夕食に通っていた「松葉」というお店に向った。この店は大阪出身のおばちゃんが、がらっぱちの大阪弁で威勢よく切り盛りしていた大衆的な小料理屋である。夕食は松葉、夜食はとぼとぼ亭というのが、食生活の日々の定番であった。

松葉の電話を拝借して、おおよそ目星をつけておいた神田の古本屋と交渉したところ、定価相当の値段で引き取るということで話がついた。一万二千円ほどだったと思う。では、これからうかがいますと電話を切ったところ、洗い物の手を休めたおばちゃんがにらみつけて、「ちょっと、あんた、本を売る気でしょ。そんなことしたらあかん。わけを言いなさい、わけを」とたいへんなけんまくでどなりつけてきた。ど迫力に圧倒されつつ、実はかくかくしかじかで、さる友人にお金を貸したために家賃が払えなくなってしまったのでやむをえないと、諸事情をぼそぼそと説明した。ぼくはそのとき確かに、一種のうしろめたさの感情を強いられていたと思う。

するとおばちゃんは、「その友だちはいったいなんやねん。めちゃくちゃやないのん」と猛烈な早口で批判を加え、こんなふうにすれば返してくれるのではないかという案を思いつくままにいくつか挙げ、えいもうめんどうとばかりにハンドバックから財布を取り出して、「あたしが立て替えといてやるから本を売るのはちょっと待っときなさい」と言って「一万二千円でいいんやろ」とちゃんと電話を聞いて承知していて、お金を手渡そうとした。これはほんの一瞬の間に巻き起った一続きの出来事である。あっけにとられてまたしてもぐずぐずしていると、強引に手中にねじこまれた。かねがね市井の人情家をもってみずから任じていた松葉のおばちゃんの、面目躍如たる手練の早業だった。ぼくは、それではお金を返せるときまでこれはあずかっておいてくださいと申し出て、かばんをぶらさげておばちゃんのアパートまで運んでいった。

こうしてその月の半ば以降、延々と半月余りにわたって日夜ぼくを悩まし続けた家賃の一件は、急激な状勢の変化に伴って一挙に解決したのであった。以来、松葉のおばちゃんには頭があがらず、何かにつけては「どうもすみません」と恐縮した。

岩波講座『哲学』の行方

それから一年以上もすぎてから、ぼくはようようのことで『哲学』全巻を引き取ることができた。夜になってからおばちゃんのアパートに出向き、またしてもかばんにつめこんで、ふらふらともどってくる途中でとぼとぼ亭に出会った。というよりも、はじめから出くわすつもりで、今ころはこのあたりにいるだろうと見当をつけて歩いていたのである。

村澤さんが「それは何だ」と尋ねてきたので、待ってましたとばかりにひとくさり経緯を語って、たった今引き取ってきたのだと説明した。嫌味を言うつもりはもとよりこれっぽっちもなかったけれども、村澤さんにひとこと、「そうか、それは悪かったな」と言わせたかったのである。みみっちい感じは確かにあるけれども、わずかなりとも溜飲を下げて、鬱屈した気持ちを解放したかったのである。

ところが村澤さんの反応は、必ずやおおかたの意表をつくであろう、まったく思いもよらないものであった。何人（なんぴと）といえども、このときの村澤さんの言葉を想像することにはできないであろう。村澤さんは、「そうか。それじゃ、その本はおれがしばらくあずかっておくかな」と、何食わぬ顔つきで言ったのである。そうして、「おれもちょっとそんな本をぽつぽつ読んでみたいからな」と言い添えた。一瞬ぎょっとしたが、「はあ」と力なく応じ、あまつさえ、その夜はとうとう一晩中付き合って、明け方までかばんをぶらさげて、終点のピリカまで運んでいったのである。情けなさもここまできわまれば、いかなる言葉も失われてしまうであろう。村澤さんは、「おう、ご苦労だったな。それじゃあ、おれはひと眠りするから」と言った。一件はこれで落着した。その後、この件は二度と話題にのぼることはなかった。

村澤さんはあれからあの『哲学』全巻をどうしたのであろうか。知り合いに「おう。もっていけ」と気前よくくれてしまったり、近所の古本屋で二束三文で売り払ってしまったのであろうか。

それにしてもあの夜の村澤さんの言葉はいかなる思考回路の産物だったのであろうか。もしかすると、いかに村澤さんといえども一瞬言葉を失ったのであって、空白の状態で成り行きにまかせた結果なのかもしれない。だが、それならそれでやはり村澤さんは不思議な人と言わなければならないと思う。ぼくは村澤さんに対してはなぜか腹は立たなかったけれども、自分のぐずぐずした性格にはほとほと嫌気がさし、それからはだれに対してもはっきりものを言えるように、つとめて意識的に訓練した。

　こうして「とぼとぼ亭日記」を綴りながら、村澤さんの影響が意外な方面にまで及んでいることに思い至ることがしばしばある。村澤さんはなかなか普通の理解の及びえない超越的なところのある人であった。

結婚式

　当初よりむずかしい状勢を内に含みながら進行していた村澤さんと真里江さんのお付き合いもいよいよ大詰を迎え、めでたく結婚式が執り行われることとなった。昭和四十九年の一月、新しい年が明けてお正月がすぎてまもないころの、よく晴れた冬のある日の出来事であった。

　真里江さんのことは、とぼとぼ亭の常連になってしばらくして、村澤さんを追いかけてきた真里江さんに挨拶されて以来承知していたが、それから結婚式までの間、不思議とまとまった言葉を交わしたことは一度もなく、断片的な記憶しかない。それでも村澤さんからしょっちゅう話を聞かされていたので、事のあらましはよく理解しているつもりだった。村澤さんは、「もう長い付き合いだし、真里っぺの両親も年が年だからそろそろ初孫の顔でも見せてやらないといかんのだ」とよく口にした。村澤さんの話のパターンはいつもだいたい決まっていて、まずは、「おれもいつまでもこんなこととして屋台を引っ張っていてもしょうがないし、小さくていいから早く店をもって、落ち着いた生活をして絵を描きたいしな」と始まるのであった。続いて、「店をもったら、おまえをはじめとしてとぼとぼ亭の客連中が気楽にやってこられるようないい雰囲気にして」と、理想的生活のありさまを果てしなく繰り広げ、それから、「それにはもう少しがんばって軍資金を稼がなけりゃな」と締めくくられるのであった。

村澤さんの言うことはひとつひとつみなもっともで、ぼくはとぼとぼ亭の新店舗が一日も早く開店の運びとなることを心から願っていた。村澤さんのいう理想の生活の話を聞くのも好きだった。その実現の可能性を疑うことなど思いもよらず、村澤さんの軽妙な言葉が紡ぎ出す夢のような話にいつも聞きほれて、調子に乗って迎合して盛んに相槌を打ったりした。

一介の屋台のラーメン屋として世を渡りながら、その実は芸術家たらんとして理想を追い求めてやまない村澤さんの真の姿を想像すると、いつもうきうきした気分になった。そうして、今日はおれのうちに泊れと誘われて新居にお供して、制作中の大きな絵の苦心談に耳を傾ける自分の姿を思い浮かべた。だが、当時は気づかなかったけれども、ぼくの想像の世界ではなぜかしら真里江さんの影が薄く、実在感にとぼしかった。口振りから察するに、少々まとまったお金ができさえすれば今日明日にでも結婚するかのような村澤さんの話は、一年たっても二年がすぎてもいっこうに新たな展開を見せなかった。

ぼくは遠からぬうちに必ずや実行に移されるであろう理想の実現の一日も早からんことを心から願い、「それで、結婚式はいつですか」と浮き立つ気持ちで尋ねたりした。すると村澤さんはそのつど、「まあ、近いうちにな」と言葉を濁し、かくして何となく釈然としないままに一段落するのであった。このようなマンネリ化した会話が数年の間に繰り返し語られ続けた。何か変だとは金輪際思わなかった。村澤さんの話は幾度聞いても感動的だった。結婚式がのびのびになっているのは、小さい理由としては真里江さんの父親の反対が続いているという事情を思い、それ以上に大きい理由として、多少のまとまったお金がなかなかできないためだと思っていた。当の本人同士がそのつもりでいる以上、どちらも本質的な障碍になりうるとは思えなかった。

ぼくの想像力は貧困をきわめていて、夜な夜な通る屋台のラーメン屋と結婚しようとしている娘をもつ父親の心情や、お金がないという事情のいかなるものかということに関して、まったく思いが及ばなかった。いつまでもお金がたまらないのがおかしいとも思わなかったし、学生風情のぼくなどから少額の借金を続けているのが変だとも思わなかった。それどころか、ぼくには確かに信念があり、村澤さんの理想の実現をわずかながらも支援するべく、お金が続く限り果てしなく貸し続けようという気構えであった。顧みれば根底から論理性が欠如しているようで、今となってはもう追体験することもかなわない。このような出来事のあれこれは、村澤さんと結婚するつもりになった真里江さんの感情の動きに勝るとも劣ることなく、みな常識の形式論理をはるかに超越しているのであった。

明るい将来を夢見て躍動する気分とは裏腹に、破滅への道をたどる危険性は常に秘められていた。結婚するつもりでいても、理由もはっきりしないままにいつまでものびのびにされたなら、強固な決意はどのように変貌するのであろうか。際限なくお金を貸し続けるとはいうものの、本当に一文無しになってしまったらどうしたらよいのであろうか。想像さえしえないことばかりではあったけれども、おそらくだれもが、そんなことはみな常識だと言うであろう。してみると常識とは、身の危険を事前に回避するすべを教える実践的機能の集合体のことなのであろうか。

やぶれ帽子と不精髭

昭和四十八年の秋になって、ついに待ちに待った結婚式の日程が披露された。当然のことながらぼくも出席し、なにがしかの役割を果すことになるはずであった。

村澤さんは、おれもとうとう年貢を納める日が来たようなことを言った。結婚後の理想的生活を説く村澤さんは、同時に自己否定の人でもあった。村澤さんの口癖に、おれは悪人だ、というのがあった。「おまえはおれのことを買いかぶっているかしらんが、おれは悪人だ」と、ときおりさりげない口調で口にした。だが、その様子はどう見ても悪人らしくなかった。もうひとつの口癖は、結婚は一生の不覚、子供が生れたら不覚の上塗りで、そもそもこの世に生れついてしまったことが最大の不覚であるというのであった。

このような言葉のあれこれは、結婚後の理想的生活をめぐる堅実な生活設計を主旋律とする村澤さんの一連の言動のさなかにあって、確かに一種の不協和音を形成していた。だが、ぼくはこの種の発言のすべてを、村澤さん一流の照れ隠しのなせるわざと見てとりあおうとしなかった。うっかりとりあったりしたならたちまち論理的矛盾に逢着し、一方を取り、他方を捨て去らねばならないであろう。なぜそうならなくてすんだのか、信じがたいことではあるが、ぼくは現に日々村澤さんと付き合っている。そのこと自体がすでに常識の形式論理をはるかに超越した出来事なのであった。あれこれを思い合わせれば、思い半ばにすぎるものがある。

ぼくは、村澤さんが「おれは悪人だ」と言うたびに、決まって「村澤さんは悪人じゃあないですよ」と応じた。すると村澤さんは相好をくずして大笑いして、「いやあ、おまえはいいやつだな」と言って肩をたたくのであった。

ある晩、いつものようにとぼとぼ亭にくっついて歩いていたとき、前に付き合っていたという、真里江さん以外のガールフレンドの話を聞いたことがある。法律事務所の事務をしながら詩や小説を書いていて、真里っぺとはまた違う感じの人だと言った。その彼女が昨日訪ねてきてこんなものを置いていったと、珍しくしんみりとした口調で言って、小さく折りたたまれた紙片を広げて見せてくれた。するとそこには、私の好きなやぶれ帽子の不精髭の朋也さんはかわいい彼女のところに行ってしまったという意味の詩句の断片が書かれていた。どのように反応してよいか戸惑うままに、「いい人なんですね」と言うと、村澤さんは、「うん。その気持ちがたまらんなあ」というようなことをつぶやいた。

詳しい事情は不明瞭だったが、ごく最近になって村澤さんの身辺に何らかの状勢変化が発生し、この詩の作者は村澤さんに別れを告げるほかはない事態に直面したのである。人生の一大事と見なければならないけれども、ぼくは彼女の気持ちがたまらんという村澤さんのひとことに感動して、「ああ、村澤さんはいい人だな」と思っただけであった。ぼくの思考回路は一定の方向のみに限定されていた。ぼくの単純な反応は、あるいは、物を思うことがなければ、何事が起ろうとも平穏無事であるということの一証左ともなりうるであろうか。

ぼくの想像力は村澤さんの悩みとか苦しみという方面には及ぼうとしなかった。考えられる限りの村澤さんの悩みといえば、思い切り絵を描けないという、ただ一点につきていた。村澤さんはぼくの想像の世界の外側で正体不明の何事かを悩んでいたのかもしれず、それがいっこうにぼくに伝わらないのがもどかしくてならなかったのかもしれなかった。

市ヶ谷柳町

その年の暮れのある日の明け方、寒さの厳しい中を新居に連れられていったことがある。不動産屋を営む親戚のおばさんの世話で見つけてもらったというマンションで、市ヶ谷の柳町にあった。新居が決まってからは、村澤さんは明け方仕事が終るとピリカに屋台を置いて、柳町まで二十分ほどの距離を歩いていくようになった。三ＤＫのりっぱなマンションで、家賃は六万円ほどと聞いたように思う。ピリカの二畳間で寝転ぶのとは違って、これからは月々必ず六万円を支払わなければならないことになったのである。

部屋のあちこちを見渡せば、真里江さんの嫁入り道具がもうすっかり運び込まれていた。みな東京の有名百貨店の正札付きで、真里江さんのお父さんの仕事の関係でこのようになったのである。箪笥(たんす)もテレビも冷蔵庫も、何でもかんでもみな揃っていて、サイドボードにはいかにも高価そうに見える各種のお酒がずらりと並んでいた。村澤さんの持ち物はといえば、つい最近までピリカに置いてあった黒塗りのテーブルがひとつきりであった。

なんだか圧倒されて気後れがしてならなかったが、だれの目にも、いかに世を忍ぶ仮の姿とはいえ、ここが町のラーメン屋の夫婦の住処とは見えなかったであろう。結婚後に店をもつとしても、真里江さんは本当にラーメン屋のおかみさんとしてやっていけるのであろうか。

村澤さんは「今日はもう寝よう。おまえも泊っていけ」と言って、部屋のすみに積み重ねられている正札付きの布団を敷いて、ぼくがびっくりして遠慮するのも委細かまわずに、いいから、いいからと寝かせつけられてしまった。あまりにもふわふわで、身体が沈んで身動きがならなかった。かつて郷里の東村で村澤さんと並んで客用の布団に寝かされたときのことが思い出されたが、あのときといえどもこれほどではなかったと思う。ところが村澤さん本人はといえば、「おれはこれでいいんだ」と言って、ピリカから運んできたテーブルとともにもうひとつの持参品のせんべい布団の一組を並べて敷いてもぐりこんでしまった。嫁入り布団とせんべい布団では高さが違いすぎて勝負にならず、並んで横になるといかにも奇妙でおかしくてならなかった。

それにしても村澤さんはなぜわざわざせんべい布団などを運び込んだのであろうか。立派な布団が用意されているにもかかわらず、なぜいつまでもせんべい布団にくるまっていたのであろうか。

年末年始の休みに帰省して家族に話すとみな喜んで、しばらくはかつて我が家を訪問したおりの村澤さんの一風変った言動が話題になった。ぼくはみなの要望に応えようとして、わずかな見聞を精一杯拡大して、真里江さんの人となりを語らなければならなかった。話が真里江さんの父親に及ぶと、ぼくの父は「よく許したなあ」と感に堪えない様子であった。

披露宴

結婚式の当日、かねてより打ち合わせずみの手筈に従って昼の十二時を少しまわったころピリカに出向くと、村澤さんと村澤さんのお母さんと鈴木さんとテリーさんが待っていた。鈴木さんとテリーさんはぼくと同じとぼとぼ亭の客仲間である。

鈴木さんは村澤さんの信頼のきわめて厚い人で、ぼくも何度か会って言葉を交わしたことがある。みごとな口髭を蓄えていたが、村澤さんの不精髭とは違い、手入れが行き届いていた。テリーさんは弓道の勉強中というアメリカ人で、高校生のときに一度来日し、帰国して州立大学を卒業してから本格的に弓道に打ち込む考えで再びやってきて、四谷に下宿して村澤さんと知り合ったのである。弓の勉強というのは日本のどこでどのようにするのやら全然知らなかったが、流鏑馬（やぶさめ）の修業と称してしょっちゅう鎌倉に出かけていた。日本語はぺらぺらで、あちこちで英会話を教えて生活費を稼いでいた。おもしろい人で、最初に会ったとき、出身はアメリカの何という州ですかと尋ねると、ぺこっと頭を下げて「おはようございます」と言った。おはよう州、すなわちオハイオ州というわけである。

村澤さんは紋付の羽織袴という出で立ちで、体が大きくていつも胸を張っている人なので、とてもよく似合っていた。もじゃもじゃの髪と髭はそのままである。ぼくはといえばひとつしかもっていない背広とネクタイで、着用に及ぶのは郷里の成人式のとき以来であった。ネクタイの結び方がわからないので父に手とり足とりよく教わってきたのだが、すぐにわけがわからなくなって、結び目がゆがんで変な形になってしまった。ぼくは今でもきれいな形にネクタイを結べない。

村澤さんに「式はこれからですか」と尋ねると、式は午前中にすんで、これから披露宴だと返ってきた。真里江さんはどんな様子ですかと問えば、お母さんが引き取って、それはもうとってもきれいできれいでとうれしそうに話してくれた。式場は新宿の花園神社であった。

やがてぼつぼつ行こうかということになって、村澤さんを先頭にみなぞろぞろ連れ立って、披露宴の会場の中華飯店に向って歩いていった。なかなか異色の面々の取り合わせで、意気揚々とした風情があった。道すがら、ぼくは村澤さんから直々に受付係を命じられ、うれしくてならなかった。

会場に着くと、さっそく入口の受付係と名札のかかった机についた。ぼくの役目は御祝儀を受け取って、名前を書いてくださいとお願いすることである。ところが住所も書いてくださいと念を押さなかったので、あとで真里江さんに、御礼状を書こうとしてたいへん困ったと言われてしまった。受付の近くで村澤さんと真里江さんの母親どうしがお互いに深々とお辞儀をして、今後ともよろしくお願いしますと挨拶を交わしていた。

やがて披露宴が始まった。出席者は五十人ほどだったと思う。テーブルがいくつかあり、テーブルごとに七、八人ずつ分かれて座った。ぼくは村澤さんと真里江さんと同じテーブルだった。ひとりずつ指定座席に名札が置いてあるわけではなく、みな思い思いに席についたように思う。友人を代表して鈴木さんが司会をつとめた。

型通りに、まずはいろいろな人が次々と立って祝辞を述べた。テリーさんも指名を受けて、日本にやってきて朋也さんと知り合って、何よりも人間として心からお付き合いができたのがうれしいと、ゆっくりした調子で話した。どの人の挨拶も長からず短からず、新郎新婦の人となりに触れて心のこもったものばかりで、気持ちよく聞くことができた。みなスピーチに耳を傾けて、隠し芸を演じる人があればみなそれを楽しむというふうで、なごやかで、おだやかで、とてもよい雰囲気だった。

回転テーブルの中華料理に手を出しかねていると、「おい、高瀬、遠慮せずにどんどん取れ」と村澤さんが声をかけた。真里江さんは村澤さんの隣で終始にこにこしているばかりである。真里江さんのお母さんがお酒を手にして近づいて、「いつもおうわさをうかがっています。今後も真里江ちゃんをよろしくお願いしますね」と挨拶したので、おおいに恐縮した。

ただひとつ異様な点といえば、真里江さんの父親の姿が見えないことだった。真里江さんのお父さんは最後の最後までとうとう許さなかったのである。

今にして思えば、どこまでも簡素で心のこもったあの披露宴は、新婦の父の欠席という異常事態のゆえの略式化の現れなのかもしれなかった。だが、ぼくはそんなことは夢にも思わなかった。真里江さんのお父さんも心の中では本当はすでに許しているのであって、披露宴に顔を出さないのは、長年にわたって反対を続けたという事情のゆえの照れくささのためなのであろうと思っていた。ぼくの想像力はごく狭い範囲に限定されていて、ほとんど自分勝手な思い込みの域を脱していなかった。平和といえば平和だが、これではとうてい急激な状勢変化に対処することはできないであろう。

水上温泉

披露宴が終って、村澤さんの友人たちが三々五々ピリカの近くの喫茶店に集った。そこに普段着に着替えた村澤さんと真里江さんもやってきた。真里江さんはぼくに向って「今日はご苦労さまでした」と丁重にお礼を言った。村澤さんは「今日は本当によくやってくれたな」と労をねぎらってくれた。二人はこれから新婚旅行に出かけるのである。行き先を問えば、おまえの郷里の水上温泉だというのであった。

数日後の昼、下宿の階段の入口付近から「おおい、いるか」という、いつもの村澤さんの呼び声が聞えた。新婚旅行からもどったばかりにちがいないから、いつものように「はい、います」と答えるや否や、急いで階段の降り口に出て見下ろすと、にこにこと見上げている村澤さんと目が合った。「もう帰ってきたんですか」と旅行の様子を尋ねると、「うん、まあまあだったな」と笑い、なんだか照れくさそうだった。

少しの間立ち話をしているうちに、村澤さんが、ふと何気ない調子で「これから商売の仕込みにかかるんだが、すまんが二、三千円都合してくれないか」と言った。ぼくは「はい」と応じて、「三千円くらいでいいんですか」と言いながら、部屋にかけもどってお金を取ってきて手渡した。ぼくはこのとき確かに、新婚旅行の直後なのに早くも仕事を始めようとしていることに感動を覚えていたと思う。

お金を受け取ると、村澤さんは「じゃあ、今晩商売に来るから」と言って、すばやく帰っていった。のんきな風情ではあるけれども、目を凝らして観察すれば、何やら嵐の前の静けさのさなかにあって、行く末の激動を暗示するかのような出来事であった。

引っ越しのお手伝い

結婚式のあと、わずか半月ほどもたたないうちに、引っ越しをするから手伝えという、まことに唐突な動員令が出た。明確な理由は今に至るも不明だが、何かしら内々の事情が生じて急遽マンションを引き払わなければならなくなったというのであった。引っ越し先は柳町の交差点をはさんでちょうど対角線上に位置するアパートで、間取りも家賃もほとんど変らなかった。

助っ人はぼくのほかにもうひとり、やはりとぼとぼ亭の常連で、翔飛(かけひ)君という、ちょっと変った名前の予備校生がいた。ぼくと翔飛君と真里江さんの三人でこまごましたものを何度も運んだ。冬のさなかとはいえよく晴れた日の出来事で、つまらない無駄口をたたき合って、のん気で愉快な引っ越しだった。

待ちに待った村澤さんの結婚が日の目を見て、とぼとぼ亭をめぐる諸状勢は一気に高揚期を迎えたかのように思われた。だが、案に相違して劇的な変化は何も起らなかった。結婚前、村澤さんがあれほど好んで語り続けていた理想的生活のあれこれは、少なくともぼくに関係がありそうな部分については、何ひとつとして実現されなかった。

新居に招かれたことは幾度かあった。引っ越しのあと、はじめて遊びに行ったとき、和服姿の真里江さんがお茶を運んできて、きちんと正座して、作法とおりにかしこまって、すました声で「どうぞ」と差し出した。おずおずと周囲を見回せば、真里江さんが高校生のときに書いた習字の自信作が額に入って壁に掲げられていた。「努力」という字が書かれていた。ここかしこに思いを込めて眺めれば、確かに、うわさに聞く新婚家庭らしいういういしさに満ちあふれていたように思う。

だが、あまりにものびやかな典型的な明るさは、かえって生活感の希薄さに即座に通じていた。ぼくは何かしら名状しがたい空虚な感情を呼び覚まされて、さっぱり腰が落ち着かなかった。村澤さんの新居はぼくの観念の世界に描かれていたラーメン屋の夫婦者の住処のようではなかったし、絵描きのねぐらの風情とも遠かった。不思議なことに、ぼくは村澤さんの結婚生活の全般にわたって、具体性のある情景をほとんど思い浮かべることができないのである。

この年は単調そのものだったぼくの大学生活がようやく転機を迎えようとした一年でもあった。大学に通う生活もあと一年余りを残して終りを告げるのである。ぼくは大学院進学を考えて受験勉強を始めていた。

秋になって受験のために遠く福岡に出向くことになった。多少の心理上の葛藤があり、曲折の末の決断であった。京都より西は未知の世界で、いくばくかの不安もあった。村澤さんはよくそのあたりの事情を察し、福岡に親類の牧師さんがいるから紹介してやると明言した。このようなときの村澤さんの行動はまことに機敏で、遠慮して生返事ばかりしているぼくを尻目にかけて、八方に手を尽くして連絡を重ねてたちまち話をまとめた。ぼくは先方の電話番号のみを教えてもらい、福岡に着いたら何はともあれここに電話をかけさえすれば、それで宿の心配は無用という状況になった。牧師さんとの縁故を問えば、村澤さんの妹の御主人の弟ということであった。

試験は無事に合格し、来春から福岡に転じることに決まった。東京での生活はあと半年余り残されていた。ぼくは感傷的な気分におちこみ、来し方のあれこれを心のカンバスに再現し、来たるべき福岡の生活のいかなるものかを思い、想像をめぐらした。そのような日々が連日繰り返された。

乃江ちゃんの誕生

年の暮れになって、真里江さんに子供ができたことを知らされた。出産の予定日は翌年の五月である。村澤さんは、「おれもとうとう父親になるんだ」とすなおに喜んでいた。そんな日々の中にも村澤さんの借金には相変らず悩まされ続けていたが、このころにはすっかり日常化してしまっていた。

やがて昭和五十年の年が明けた。二年目の浪人生活を送っていた翔飛君の受験がせまり、めんどうをみてやってくれと村澤さんに頼まれて、毎日数時間ずつ、夕方から始めてとぼとぼ亭のチャルメラが聞えるまで、予備校の問題集をテキストにして問題を解き続けた。

学期末試験の終了を待って、ぼくは下宿先を探すためにまた福岡に行った。とんぼ返りで東京に舞い戻り、今度は引っ越しのための荷造りに取り掛かった。何でもかんでも詰め込んだ段ボールの箱が四十個ほどできあがった。引っ越しの当日、運送会社のトラックが到着すると、ぼくも運転手も、翔飛君も手伝ってくれて、みないっしょに荷を運んだ。とぼとぼ亭のチャルメラの音色とともに始まった東京の生活はこれで完全に終ったのである。

東村に帰省して新学期を待ち、いよいよ福岡に向けて出発する日になった。上京の当日はかねての予定のとおり、村澤さんのお宅に一泊した。村澤さんは商売を休み、送別会を催してくれたのである。あいつも呼び、こいつも呼びと、かねがね大パーティの構想を聞かされてそのつど恐縮していたけれども、いよいよその日になってみると、参加者は当の本人のぼくひとりだけだった。村澤さんは「気の合った者だけでこじんまりやるのもいいものだ」と苦しそうな言い訳をした。

新しい生活に追われてあわただしく四月がすぎた。五月に入ればそろそろ真里江さんの出産予定日が間近である。何度電話をしても、そのつど、まだもうちょっと遅れるような返答が続くばかりだったが、五月八日の夜、村澤さんから連絡があった。村澤さんはぼくの下宿先の大家さんの自宅に電話をかけてきたのである。大家さんに呼ばれて電話に出ると、今朝女の子が生れて、「のえ」という名前をつけたと、村澤さんが言った。どういう字ですかと尋ねると、耳元に響き渡るほどの大きな声で、「え」は真里っぺの真里江の江、「の」は乃木大将の乃だと答え、「今日はめでたいから商売を休んでうちで一杯やっているんだ」と言い添えた。いかにもうれしそうな様子だった。ぼくはひとりでお祝いの酒盛りをしている村澤さんの姿を思い描いて楽しくてならず、よかったですね、よかったですねと、そればかりを何度も繰り返した。浮き浮きした気分はいつまでも消えず、その夜も更けて明け方に至るまで持続した。

翌日は半日かけて博多人形を物色し、お祝いの手紙を添えて送った。まもなく真里江さんの手紙が届いた。

《真里江さんの手紙（五月二十日）》

前略。木々の緑が最も美しい季節となりました。高瀬さんにはますます御健勝との事、心から御慶び申し上げます。

此度はすばらしい博多人形を御贈り頂きました、誠に有り難う存じました。

私は今、里の方に居るのですが、朋也さんが届けてくれました。何分にも御返事の遅れてしまいました事、お許し下さいませ。

五月八日、四時二十分に無事出産致しました。目方は三千四百八十五グラムでした。私は何せ気が弱い（?!）ものですから、たいして暑くもない日だったのに、髪がびっしょりになってしまいましたが、とにかく子供が産れ出た瞬間、人生観が変りました。子をもって知る親の恩とはよく言ったもので、ほんとに、その瞬間、私は母の顔が目に浮かびました。あの感動は残念ながら男の人にはわかりませんネ。朋也さんなどにはうんとわからせたかったのに…。

十一日間入院して居りましたが、多い日には三回、毎日、乃江に会いに来ました。名前も彼がつけました。

お父さんになっただなんて、高瀬さん、信じられる？　あの朋也さんが…。

里には来月中頃まで居るつもりですが、居すぎかしらネ。子供の写真出来次第御送りしますネ。

高瀬さんにもくれぐれも御身体を大切になさってください。主人の筆不精お許し下さいませ。では。

かしこ　朋也内　五月二十日

真里江さんは気持ちのすなおな心のやさしい人であった。

手練の早業

七月に入るとすぐに夏休みになった。日々が新たで活気にあふれた三箇月だった。村澤さんに電話をかけて明日帰省すると伝えると、「そうか、そうか。それじゃあ、おれのうちに泊れ。夏休み中泊っていてもいいぞ」ということになった。

当日、村澤さんはまたしても商売を休んで歓待してくれた。ごちそうはみな真里江さんの手料理である。乃江ちゃんにも初対面の挨拶をした。大きな目とふっくらとした頬が、真里江さんにも村澤さんにもどちらにもとてもよく似ていた。真里江さんは、手紙にも書かれていた産みの苦しみと、それに伴うえもいわれない感動のいかばかりかを、精一杯の感情を込めて物語った。村澤さんは多くを語らず、「まあ、食え」とか、「まあ、飲め」などと繰り返して照れくさそうな素振りだった。

積る話が一段落した頃合いをみはからって、

「ちょっと翔飛のところへ行ってみようか。あいつもおまえに会いたがっているぞ」

と村澤さんにうながされた。翔飛君は入試直前の特訓も功を奏せず、三度予備校に通っているという。特に語るべきことも多くはなかったけれども、誘われるままに連れ立って翔飛君の下宿に出向いて四方山話をした。

ではそろそろ帰ろうという道すがら、

「ところで、おまえ、金もってるか」

と村澤さんがふいに言った。一瞬の虚をついた手練の早業だった。今度の帰省にあたって、神田の古書店街に出かけて多少値段のはる本の数冊も買う考えで月々の仕送りを少しずつ残しておいた。それが五万円ほどになっていた。とっさのことで考えがまとまらないままに、「五万円もってます」と、馬鹿正直に告白した。いつものことで腹の立つことはなかったけれども、「またしてもか」という思いに一瞬にして押しつぶされて、情けなさが胸一杯に広がった。これで古本屋めぐりも一場の夢と化したのである。手持ちの現在高を申告する声にも力がこもっていなかったと思う。

それでもこのときばかりは精一杯の仕方で抵抗の構えを示した。五万円全額を取り上げようとする村澤さんに対し、明日神田に出かけて本を買うという大義名分をぼそぼそと宣言し、あとはひたすら「だめですよ、だめですよ」と言い続けた。こうして状勢はこれまでに見られなかった新事態に突入したのであった。村澤さんもさすがに根負けして、「いやあ、どうもしょうがないな」と大きく笑い、

「それじゃあ、とりあえず三万円ほどにしておくか」

と寛大なところを見せてようようのことで話がついた。三万円を手渡すときは、さすがにあまりの無念さに泣き出しそうな顔つきだったと思う。

村澤さんのお宅にもどれば、つい今しがたの一件はあたかも存在しなかったかのごとくである。すべては真里江さんのあずかり知らない世界の出来事なのであった。福岡に移る前、まだ東京にいるとき、せっぱつまって今日明日の食費の催促をしなければならない羽目におちいったこともしばしばだったが、そんなときにも必ずある種の抑制が働いて、真里江さんのいる柳町のアパートに電話をかけるようなことは決してしなかった。

真里江さんの告白を聞く

ややあって、ちょっと煙草を買ってくると村澤さんが出かけたすきに、小さな事件が起った。村澤さんの姿が視界から消えるや否や、真里江さんがすすっと膝をすべらせてにじりより、思わず上半身をそらせて身構えたぼくに向って、「ねえ、高瀬さん。朋也さんのこと、本当のところどう思う」と問うたのである。そうして大きな目をいっぱいに見開いて、ますます真剣さのこもった口調になって、

「このごろ朋也さんのことがよくわからなくなって、いっそ乃江を連れて離婚してしまおうかと本気で考えているんです」

と言った。察するところ、何かしら深刻な悩み事があるけれども、父親の反対を押し切って結婚した手前、両親にも打ち明けられずにひとりでもんもんと悩み続けて一年半余りというふうなことであった。

だが、一年半余りといえば、結婚式からこのかた今日に至るまでのほぼ全期間を覆っているのである。あまりにも唐突な、得体の知れない問い掛けだった。とてもまっとうな話とは思わ

れず、「いやあ、そんなこと。大丈夫ですよ、決まってますよ」と笑ってはぐらかそうとしたが、真里江さんは真剣そのものだった。そうして、ここぞとばかりに村澤さんのおかした悪行の数々の具体的事実のあれこれに立ち入ろうとしたときに、村澤さんの下駄の音が聞えてきた。真里江さんは、「もう、こんなときばかり早く帰ってくるんだから」と、さもいまいましそうにつぶやきながら立ち上がった。こうしてまたしても、何事もなかったかのような日常的明るさが訪れたのであった。

薄気味の悪いお尋ねの正体はついに不明だが、実態の空虚であらんことを信じたいばかりに、夏休みの間、つとめて何も考えないようにした。

やがて夏休みが終った。福岡行の途中、東京で二、三日をすごすべく、また村澤さんのお宅に泊めてもらうつもりで、東村を発つ日の前日のお昼すぎに、頃合いをみはからってピリカに電話をかけた。「村澤さんですか」と声をかければ、「おう、おまえか」と、いつもと変らない久しぶりの応答であった。

なつかしさに気をよくして、明日の出発の計画を告げ、ついては二、三日泊めてくださいと元気よくお願いした。ところが、その直後に聞えてきた村澤さんの言葉は思わず耳を疑うという体（てい）のものであった。村澤さんは、「このたび真里っぺにうちを追い出されて、ついては離婚することとあいなりました」と、得意のきどった口調でしゃあしゃあとすまして言ったのである。青天の霹靂であった。

ぼくはとっさに「えっ」と応じ、それから「本当ですか」とどもった声で問い返したが、あとの思考は形をなさず、何やら理由らしいことをしらじらと述べたてている村澤さんの言葉のみが、頭の中でくるくると回り続けていた。

大借金

寝耳に水の離婚話をめぐる村澤さんの説明はさっぱり要領をえなかったが、ひとつだけ、借金が四百万円あるというふうなつぶやきが耳に入った。あれこれと聞いた中で、はっきりとした事実はこれだけだった。結婚の前からあちこちに借金があったのが積り積ってこれほどの額に達してしまい、この間にも返済しようとしてずいぶん努力もしたけれどもついに果せず、もはやこれ以上真里江さんに内緒にし続けることができなくなったというのであった。借金四百万円也にはさすがに仰天したが、村澤さんの口調は別に困ったふうではなく、なんだかど

うだすごいだろうと言わんばかりの勢いがあった。ぼくからの借金も二十万円ほどになってい
たが、これは四百万円の勘定には入っていなかったと思う。
だが、いかに多額とはいえ、借金というものは果して本当に離婚の原因になりうるのであろ
うか。あるいは、夏休みに入ってすぐにふと心をよぎった不吉なきざしがひと夏の間に生い
茂って、収拾のつかない事態に立ち至ったのであろうか。いずれにしても、どうやらぼくの知
らない世界で何事かが起ったようであった。ともかく明日出向きますということにして電話を
切ったものの、にわかに次の行動に移ることもできず、とうとう一時間ほど電話のそばにしゃ
がみこんだきりであった。
ともあれ何かしら情報収集につとめなければならないようであった。村澤さんの頭越しで何
だかうしろめたいような気分は漂っていたけれども、真里江さんの話を聞いてみることにした。
柳町のアパートに電話をかけると真里江さんが出た。形式的な挨拶を交わしたあとに、「実
はたいへんなことになりました」と真里江さんが言った。ぼくは「たった今、村澤さんに聞い
て驚いているところです」と応じ、「何でも借金が四百万円もあるそうですね」と、まことに
不用意なひとことを言い添えた。真里江さんも当然知っているにちがいない事実のはずだった。

ところが真里江さんは、「えっ」と素っ頓狂に叫んだきり絶句したのであった。

事の意外さに驚かされたのはぼくのほうだった。どうやら村澤さんの秘密を告げ口して顕わにしたことになってしまったようであった。ややあって真里江さんは、私には、借金はあるにはあるが十五万円ほどだと説明していたと言った。お母さんとも相談したが、そのたびに、いくらなんでも大の男が十五万円くらいの借金で首が回らなくなるわけはなく、どうもおかしいという結論に達するというのであった。四百万円と十五万円ではあたかも天と地ほどの隔たりがある。第一、ぼくからの借金だけでも、正確な数字はいつのまにかわからなくなってしまったけれども、すでに十五万円をはるかに凌駕して二十万円ほどに達しているのはまちがいのないところであった。ぼくはまたしても考えもなしにその事実を真里江さんに告げた。そのとき確かに、たび重なる少額の借金の集積に苦しめられた日々のつらさが胸をよぎったと思う。

新たな事実は真里江さんの驚愕を倍増させるには十分すぎるほどであった。朋也さんは学生の高瀬さんからもお金を借りていたのか、それではあんまりだというのだが、それ以上になお借金四百万円也を確信させるに足る心証となったようであった。

どうやらお互いの知っている村澤さんはそれぞれほんの断片にすぎないようであった。ついては話し合いたいこともあり、聞きたいこともあるということになり、明日の上京のおりに立ち寄って情報交換に及ぶという手筈が整った。知っていることを披露し合い、補い合えば、必ずや事の真相に近づけるにちがいない。村澤さんはすでに一箇月前に柳町のアパートを追い出され、ピリカの二畳間で寝起きしているということであった。

村澤さんの弁明

四百万円の借金には確かに驚いたけれども、ぼくの頭の中では借金と離婚はどうしても結びつかず、借金は返せばすむではないかと思っただけだった。事の重大さはさっぱりぴんとこないままに、翌日予定のとおりに上京した。ともかく村澤さんと真里江さんの両当事者によく事情を聞いてみなければならず、すべてはそれからだった。おそらくは離婚の原因となったであろう単純な誤解を解きほぐしてやりたかった。そのためには、ぼくはあらゆる努力を惜しまないというほどの気持ちであった。

お昼すぎにピリカに着くと、商売の仕込みの真っ最中の村澤さんがいた。いつもと寸分違わない風景だった。村澤さん、と声をかけると、

「おう、おまえか。久しぶりだな。もう福岡に行くのか」

ととぼけたことを言った。張りのある元気な声で、子供っぽい笑顔もいつもと変らなかった。深刻な悩み事をかかえた人のようにはとても見えなかった。まあ茶店(ちゃみせ)にでも行くかとぼくを誘い、かつて何度も通った近所の喫茶店に出かけた。拍子抜けするほど平和な雰囲気に包まれて、昨日の電話の一件などあたかも存在しなかったかのようであった。

平和な話題に終始して進行する一連の会話の一瞬の虚をついて、「四百万円も借金があるそうですね」と、勇を奮って尋ねた。するとわずかに場の空気が変化した。話題は急遽離婚問題に転換した。村澤さんはいろいろな話をしたが、不思議なことに離婚の原因を示唆するような新たな事実はひとつも明らかにならなかった。

おれの自覚のない生活ぶりがついに真里っぺの逆鱗に触れたんだというような指摘があったが、自覚のない生活ぶりのいかなるものかにまでは具体的説明は及ばなかった。将来の見通しについては、とにかくおれが悪かったの一点張りで、深く反省して商売に励み、借金もおいおい返済していけるように生活を改めれば、真里っぺの怒りも解けるだろうから、一日も早くその日がやってくるようにがんばるつもりであるということだった。

生活改善の具体的実行として、まずピリカの二畳間で寝起きするようではいけないので、近所にアパートを借りたという話があった。これにはびっくり仰天した。村澤さんのアパート暮しとはまったく想像を絶する出来事で、どのように頭をひねっても何のイメージも浮かばなかった。借金返済法の具体案もあって、東京在住のおじさんという人が相談に乗ってくれることになったから心配ないという話をした。なんでも村澤さんの毎日の稼ぎを、翌日の仕込みの費用と生活費を差し引いて全額おじさんに管理してもらい、借金の相手と月々の返済額を取り決めて計画的に清算していくことになったというのであった。だが、その口振りから察するに、借金の相手の中には、ぼくは当然のごとく含まれていないように思われた。

借金の原因として挙げられたのは競馬であった。すると、このたびの一件は、賭事(かけごと)に由来する多額の借金の存在が何らかの仕方で真里江さんの知るところとなったために起ったのである。真里江さんと乃江ちゃんに対しては、月々の生活費をきちんと渡していくことで誠意を見せるつもりだと抱負を語った。これを要するに、商売そのものは相変らずでありながら、これからはまじめなサラリーマンになる決意を新たにしたということである。当方には離婚するつもりは全然なく、真里江さんも乃江ちゃんがいることでもあるし、おそらくそこまでは思い詰めていないであろうから、今からでも遅くはないから悔い改めて、もとのさやにおさまれるよう努力するつもりだということのようであった。なんだか子は鎹のような感じがした。

今度のことはおれというだめな人間に自覚を促そうとして真里っぺが与えてくれた試練と思う。試練を与えてくれた真里っぺには心から感謝していると、感動的ではあるけれども紋切型の決まり文句のような言葉もあった。

どうやら村澤さんにとってはお金の問題がこのたびの問題の原因のすべてのようであり、借金は返せばすむと考えているようであった。真里江さんの逆鱗に触れたのはまちがいないけれども、それはたまたま表面化した一過性の現象にすぎないのである。真里江さんの心情に寄せる信頼は揺らぐことがなく、その確信が村澤さんの言動に余裕をもたらしているのであった。それはそうであろうとぼくもまた同じ考えであった。なにしろ結婚してからまだ一年半にすぎず、乃江ちゃんが誕生してみな喜んでお祝いしたばかりだった。たかだか少しばかりの（少しではなかったけれども）内緒の借金が明るみに出たくらいのことで、過去のいっさいが無に帰してしまうとはとうてい信じられなかった。

村澤さんの話は次第に佳境に入り、ひとり娘の乃江ちゃんに会わせてもらえない父親の心情のいかばかりかを語る段にさしかかると、さすがに同情を禁じえなかった。だが、アパート追放といい、自覚の試練といい、借金十五万円也で取り繕おうとしている現状を前にすると何だか大仰な感じがした。心情においてはよくわかったところもあり、事実関係の具体性についてはもうひとつぴんとこないながらも、ともかく離婚という事態だけはないようであった。それで十分だった。村澤さんの悔い改めの決意と誠意を真里江さんに伝えさえすれば、必ずや理解されるにちがいなかった。一刻も早く真里江さんに会って、村澤さんの真意を伝えたいと、あせりがちな心境におちいったものであった。

真里江さんの語る状況説明を聞く

最後に村澤さんは、おまえにもいろいろ迷惑をかけたが、そういうわけだから安心して福岡に行って勉強に励んでくれ、近いうちに必ずいい知らせを伝えるつもりだと言った。そうして、真里っぺと連絡をとったりするなと、唐突に言い添えた。今から真里江さんに会う予定があることはもちろん内緒にしていた。村澤さんは何だかぼくを真里江さんに会わせたくないようだった。まさかとは思いつつ、念のためにちょっと一本釘をさしておくかというおもむきがあった。そんなことはしませんと応じたけれども、ぼくは真里江さんの誤解を解きにいくのである。事ここに至った原因の真相は依然として不明瞭だが、村澤さんには誠意がある。誠意をもって解消しない誤解はありえない。やがてぼくの画策が明るみに出たあかつきには、ぼくは村澤さんと真里江さんの双方から感謝されるにちがいなかった。

ところがぼくのもくろみは机上の空論、甘い虚構にすぎなかった。村澤さんの悪行の数々をめぐって真里江さんが次々と語るもろもろの事実の迫力は圧倒的で、村澤さんの誠意を伝えようとするぼくの言葉は形をなすまもなくかき消えてしまうのであった。

真里江さんによると、村澤さんの悪行が明るみに出始めたのは結婚後すぐ、新居に足を踏み入れたとたんのことであった。真里江さんはその瞬間に、嫁入り道具の着物類がことごとくみななくなっていることを発見したのである。まことに信じがたいことで驚くべき話だが、ひとまず鵜呑みにしておくしか仕方のないことであった。結婚後すぐの引っ越しも、住む家すら満足に決めてくれないと不信の種となった。生活費は毎日手渡してくれたが、一晩中商売に励んだにしては極端に少ない日がしばしばで、月末の家賃の支払いも遅れてばかりだった。真里江さんが持参した品物でおよそ質草になりそうなものはどんどんもっていってしまったのである。

不信がつのった真里江さんはみずからとぼとぼ亭の経営に乗り出した。資本金の全額を一手にして、麺の仕入れも自分で電話で連絡して注文する。村澤さんには、売上高ではなく売れた杯数を申告させる。麺を何個仕入れて何杯売れたから、一杯につき純益はいくらになって、合計いくらのもうけと計算し、諸雑費を差し引いたうえで、今日はこれだけのお金をもって帰ったはずだというふうになるのであった。この計算の結果を毎日克明にノートに書き付けた。貯金の計画も立てた。小さくてもよいからお店をもって、それに伴って必ずやもたらされるであろう生活基盤の確立と安定を手に入れることが、当面のささやかな目標である。何だか自営業者の申告をチェックする税務署の係員みたいであった。

それでも村澤さんはいろいろな口実を持ち出してぬらりくらりと言い逃れを繰り返すので、なかなか思うにまかせなかった。真里江さんは、ほんとに口がうまいんだからと、さもいまいましそうに言った。真里江さんの友だちが遊びに来たりすると、これはとにこにこと愛想をふりまくので、みな口をそろえて、いいだんなさんね、とほめるのが悔しくて仕方がなかったのである。

岩波講座『哲学』の行方（続）

ある朝などは、本をかばんいっぱいに詰め込んで帰ってきた。見ると『哲学』という本だった。お金もないのにわかりっこない本なんか買ってきて恰好ばかりつけるんだからと、八つ当たりみたいなことを言った。その権幕たるや、とうていその本の出所来歴を説明できるような雰囲気ではなかった。

親の反対を押し切っての結婚だったので親に相談することもできず、ひとりで耐えるしかなかった。そんな生活の中で、まもなく生れてくるであろう子供だけが唯一の心の拠りどころだった。子供さえ生れれば朋也さんも目が覚めると、そればかりを思って、口論の絶えない日々を耐え続けた。賭事に狂って家庭を顧みない極道亭主に苦しめられるみたいな生活で、絵に描いたような洗うがごとき赤貧の光景である。目が覚めるというのはまじめな生活者になるということである。そういえば村澤さんもそのころよく、おれも父親になるんだからな、と口にした。ついては出産費用が二十万円ほどかかるが、ちゃんと稼いで安心させてやらなければなとも言って、自覚のあるところを見せていたものであった。

だが、実現すれば必ずや真里江さんを喜ばせ、積り積った不信感を一挙に吹き飛ばしたにちがいない快挙はついに日の目を見ることがなかった。やがて無事に乃江ちゃんが生れた。ところが一週間がすぎ、十日がすぎても、真里江さんは退院することができなかった。健康はすっかり回復して、元気いっぱいで退屈な病院の毎日をもてあますようになった。もううちに帰って、乃江ちゃんの誕生に伴って発生する新しい仕事のあれこれに取り掛かりたかった。村澤さんは乃江ちゃんの誕生を喜んで毎日のように会いに来ていたから、そのつど、もう退院したいと申し出たが、村澤さんはそのたびに、まあ、もうちょっと待てと言って、この際だから何も心配しないでゆっくり静養すればいいじゃないかと、寛大なところを見せるのであった。

急にずいぶん親切に気を遣ってくれるようになったが、これも乃江ちゃんのおかげである。乃江ちゃんのおかげで朋也さんも目が覚めたのである。がまんしてこの日を待ち続けた甲斐があったと、退屈しつつ喜びをかみしめたのもつかのまで、病院の都合で退院を迫られたときに真相が判明した。すべては出産費用二十万円の工面のための時間稼ぎなのであった。

これには真里江さんも激怒した。大の男が子供の出産費用も作れないのかというのであった。まだしもできないならできないとはっきりそう言ってくれれば、お母さんに頼んで何とかしてもらったのに、おれが用意すると言い張って、できもしないのにいい恰好をするからこんなみっともないことになったのである。病院側に知られたら恥ずかしくて耐えられない。一日も早く退院しなければならないということになって、お母さんに頼んでお金を用意してもらった。やはり朋也さんが支払うほうがよいだろうと、体面を考えてせっかく配慮してやったのに、お母さんに手渡されてもぶすっと押し黙って受け取るだけで、お礼のひとこともないというのがまたしてもしゃくにさわった。万事がこんなふうで、村澤さんの素行は乃江ちゃんが生れてもいっこうに改まらないのであった。

離婚の決意

乃江ちゃんの誕生のお祝いをあちこちからいただいたが、みんな村澤さんにもっていかれてしまった。最後に、ある人からいただいた一万円入りの祝儀袋が手もとに残った。これは朋也さんの知らないお金である。そこで押入れ深く仕舞い込み、ときおり取り出してすかし眺めて確認し、ああ、まだある、まだ大丈夫と安心していた。ある日、いつものように確めて再び仕舞い込もうとした瞬間、にわかに胸騒ぎがして祝儀袋を開けてみた。すると、あろうことか、一万円札は五百円札と化していたのであった。

それにしても朋也さんはなぜこれほどまでにお金を必要としたのであろうか。自分には内緒の多額の借金を抱えているのではないだろうか。そんなまことにもっともな真里江さんの疑問に対する解答が十五万円という金額であった。案の定とは思ったものの、状況の異常さを解き明かすにはこれではあまりにも少なすぎた。そこで、ぼくのもたらした実は四百万円という情報が、説得力をもって受け入れられるところとなったのであった。

七月半ばにぼくが一泊した日からまもないころ、ある事件が起った。それが最終的なきっかけとなって、真里江さんはすべてを投げだして離婚を決意するに至ったのである。

その日の昼、いつになく機嫌のいい村澤さんが、写真を撮ってやると言って真里江さんと乃江ちゃんを近くの公園に連れ出した。カメラはもちろん真里江さんの持ち物である。珍しいこともあるとうれしく思った真里江さんは、村澤さんに乃江ちゃんをだっこさせて写してやったりした。それから村澤さんは、ちょっと煙草を買ってくるから、と言った。先に家にもどって待っていると、まもなく帰ってきた。

ややあって、そういえばカメラが見あたらないとふと思った。にわかに胸騒ぎを覚えて家の中をくまなく捜したがどこにもなかった。村澤さんに尋ねても、その辺に置いたと言うばかりだった。だが、真里江さんは引き下がらなかった。なおもしつこく問い詰めること数十分。ついに質屋にもっていったことを白状させることに成功したのであった。

そうしてみると写真を撮ってやると機嫌よく連れ出したのは、自然な仕方でカメラを持ち出すための方便なのであった。情けなさもここにきわまったという感があった。だが、真里江さんが情けなさを感じた真の原因は、自分をだましてカメラを質に入れたという事実そのものにあるのではない。それだけならばこれまでに何度も何度も繰り返された悪事の上塗りにすぎず、今まで耐えてきたように、今度もまた耐えられるはずであった。真の原因はそのような物質的な事柄にあるのではない。真の原因は、何よりも、乃江ちゃんの写っているフィルムもろともに質屋にもっていき、いくらかのお金と交換したという一点に宿っているのである。事の本質はこのように精神的なものなのであった。それじゃあ、乃江ちゃんを売ったのも同然ではないかと真里江さんは言った。子供を売り飛ばすような人は父親ではない。そんな人とはこれ以上いっしょに暮せない。これが真里江さんの言い分であった。なんだか写真を撮ると魂を写し取られるみたいな話だった。

ひとたび離婚の決意が固まると、その後の処置は的確で、しかも素早かった。まず村澤さんの所持品をひとつ残らず片っ端から放り出した。といっても、雑多な生活用品の中に村澤さんの持ち物はまことにとぼしく、テーブルと布団とその他少々にすぎなかった。その中にはぼくの『哲学』全巻もまじっていた。それらのすべてが玄関口に積み上げられた。明け方、いつものように商売を終えた村澤さんは、この光景を目の当たりにして、かつてない真里江さんの強固な拒否の意志を感じとらないわけにはいかなかった。そうして、もう何を言っても取り付くしまのないけんもほろろの扱いを受けるはめになったのであった。

まことに驚くべき唐突さであり、迅速果敢な決断と言わざるをえない。何事が起ったのか、とっさの判断がつきかねて、白みかけた玄関口で茫然として途方に暮れている村澤さんの姿が目に見えるようである。村澤さんはなすすべもなく、布団をかかえてとぼとぼとピリカにもどったことであろう。

真里江さんがその次にしたことはアルバムの処分であった。まだ中学生のころ、たわむれにはじめてとぼとぼ亭の夜鳴きそばをいただいてからの交際の名場面の数々は、数冊のアルバムに順を追ってきちんと整理されていた。真里江さんはそれらをみな焼き捨てたのではない。そうではなくて、一枚一枚の写真から村澤さんの輪郭のみを、カッターナイフで丹念に切り取っていったのである。こうして真里江さんは村澤さんの陰影をひとつひとつ取り除いていった。最後には記憶のすみずみからも追いやってしまうにちがいない。

お母さんにも連絡して一部始終を報告した。驚いて嘆き悲しんだことは真里江さんに勝るとも劣らなかった。お母さんを通じてお父さんの知るところともなった。こうして事は公になった。真里江さん側の世論は、乃江ちゃんを引き取ってただちに離婚ということで問題なく一致した。これが真里江さんの話であった。

状況の判断に迷う

真里江さんの話はぼくの甘い見通しを粉砕して、事の深刻さを呑み込ませるのに十分すぎるほどの効果をもたらした。村澤さんは、まさか本当に離婚することになるとは夢にも思っていなかった。心の底から真里江さんに憎まれていることも想像の外だったであろう。写真の一件が致命傷になったことなど思いもよらないであろうし、たとえ事細かな解説を受けたとしても、せいぜいのところで真里っぺの冗談くらいに思うのが関の山で、決して本気にしなかったにちがいない。それもこれもたかが借金と思っているからである。借金は返せばすむと思っているからである。

確かに、どうやら本当に、多額の借金という事実が唯一の核心のようであった。ところが真里江さんの心の中には、借金を核として巨大な不信の球体が生い育っていた。ぼくも村澤さんも、球体の大きさが真里江さんの心の許容範囲をついに超越するほどであることに思い至らなかったのである。

柳町のアパートを去ったころには夜もだいぶ更けていた。今日はもう福岡に行けなくなった。明日もまだ行かないだろう。ぼくにはまだ東京でなすべきことが残されているように思われた。

道すがらの公衆電話から真里江さんのお母さんに電話をかけた。結婚式の披露宴の席でほんのちょっとお目にかかったきりの人だった。名前を告げると、すでに真里江さんから連絡があったのであろう、すぐに話が通じて、高瀬さんにもご迷惑をおかけして、と言った。ぼくは今日のいきさつを手短に述べた。そうして村澤さんの借金にはぼくもずいぶん苦しめられて、それも賭事のためのものだったりで、今度のことではなんだかがっかりして裏切られたような気持ちになった。真里江さんについては言うまでもないことである。しかし、借金があるというだけにすぎないことでもあり、村澤さんも深く反省して誠意のあるところを実際にこの耳で確めて、まちがいないと思うので、そのことをお伝えしたくてこうして電話をかけましたと説明しようとした。ところが、ほんの入口の、なんだか裏切られたような気がしたというくだりにさしかかったとたんに、そうでしょう、そうでしょうとやにわにさえぎられ、わたしどもはもう何が何でも離婚するつもりだから、高瀬さんももうあんな人とは付き合わないほうがいいと、きっぱりした口調で続けた。それからは、はあ、はあ、と相槌を打ちながら、あんな人とは思わなかったというううらみつらみをうかがい続けるしかなかった。

ピリカ再訪

翌日の昼、ぼくはまたピリカに出向いた。村澤さんは、なんだ、まだいたのか、福岡に行かなくていいのかと、ちょっと驚いてみせた。そうして、今日は商売は休みでおじさんのところに行く。ちょうどいいからおまえも来いと誘われた。村澤さんのお母さんもいっしょである。おじさんのお宅では今回の一件に関する具体的な話題は出なかったが、お母さんが何かとおじさんを頼りにしているふうが見えた。

帰りがけに、ちょっと寄っていけと、アパートに誘われた。木造二階建ての二階の六畳間で、新宿通りをはさんで、四谷三丁目の真里江さんの実家のちょうど対称の位置にあった。殺風景な室内には、三つ折りにたたまれた布団と例の黒テーブルがあるきりだった。テーブルの上には『哲学』全巻が積み上げられていて、そのうちの一冊は読みかけらしく開かれたままになっていた。村澤さんは、おれも今度のことでは少々思うところもあって、ぼちぼちこういうものを読んでいるんだと言った。

この日ははじめから将来の展望をめぐる話になった。今月はおおいに商売をがんばって、うんと稼いで、おれにも仕事ができることを真里っぺにわかってもらうつもりだと語るあたりは、意気軒昂たる雰囲気に包まれていた。やはり離婚にはなるまいと信じているようであり、その確信は自信にあふれた語り口にも現れているように思われた。

翻って思えば、村澤さんは離婚を避けるために全力を傾けていたのである。こうしてアパートを借りたのも、仕事のできるところを見せようとするのもみなそのためで、この目的を達成するには立派に日常生活者でもありうることを立証しなければならないのであった。だが、村澤さんはもともと絵描きのはずであった。絵描きの村澤さんは絵を描くために屋台を引くラーメン屋になったのである。村澤さんの生活は一貫して非日常的でなければならず、絵描きとしての理想の上にかもしだされる非日常性こそが、村澤さんの魅力の根源だったはずである。

四谷二丁目の裏通りの四つ角で最初に出会った日に、ぼくは去りがたい気持ちになってついていったが、それもその魅力に心を惹かれたためだった。まだ中学生のころの受験勉強中に、たわむれのお夜食をきっかけに村澤さんと知り合うことになった真里江さんもまたそんなふうだったにちがいない。それなら村澤さんはこれから全力を傾けて自己否定を成し遂げようとしているのである。このアパートはその一大変革の象徴にほかならない。決意と自信に満ちた元気いっぱいの村澤さんの話を聞くのはつらくさびしいことであった。

やがて夜も更けた。泊っていけとすすめられたのを遠慮がちに断って、福岡に着いたら手紙を書きますと伝えた。村澤さんはこれを諒解し、正月休みになったらまた来いと応じた。こうしてぼくは村澤さんとお別れした。

真里江さんのお母さんの話

新宿通りをふらふらと歩いていくと四谷駅に到着した。おとといの昼、郷里の東村から村澤さんに電話をかけて、離婚事件の第一報を聞いて衝撃を受けてから、まだ二日しかすぎていなかった。昨日から今日に続く一連の出来事を思い合わせれば、状勢の変化のめまぐるしさは筆舌に尽くしがたいものがあった。

さてこれからどうしようと考えあぐねたが、真里江さんのお母さんに村澤さんの決意と誠意を伝えておくのも悪くなかった。夜もずいぶん遅かったが、電話をかけて、村澤さんに話を聞いていろいろわかりましたと伝えた。すると、ぜひうかがいたいので今すぐに来てほしいということになった。今後の対策を立てるためにも、村澤さん側が何を考えているのか、どんなことでもいいから情報が欲しかったのである。

四谷駅から四谷三丁目まで、たった今たどったばかりの新宿通りを逆にたどって真里江さんの実家に着くと、お母さんが待っていた。お母さんの話もたいへんな苦渋に満ちたものであった。真里江さんがはじめて村澤さんとの結婚の意志を両親に打ち明けた瞬間に、家庭の空気が一変した。お父さんは激怒して、それから今に至るまで真里江さんと言葉を交わすことがなかった。嘆きと悲しみの深さではお母さんもまたひけをとるものではない。口をきかないお父さんに代って、真里江さんのかたくなな気持ちを軟化させ、非常識な行為を悟らせて思いとどまらせようとして説得を重ねた。事が事だけに親戚はもとよりだれにも相談できなかった。近所の目もはばかられ、恐れなければならなかった。

だが、真里江さんの決意は変らなかった。真里江さんは真里江さんで、自分の気持ちを両親にわかってもらおうとして、村澤さんの人柄のすばらしさを懸命に説き続けた。こうして論争の絶えることのない暗い日々がしばらく続いた。

やがて転機が訪れた。真里江さんの決意の動かしがたいことを見て取ったお母さんは、一転して、今度は真里江さんの心情を理解するように努め始めたのである。お母さんは、娘があれほど言うのであるから、頭ごなしに反対するばかりではなくて、母親の自分だけでもわかってやらなければならないと思い、毎日泣きながら努力した。不本意でつらい決断であり、凡庸な母親のできることではない。このお母さんの全面的な支えがあったからこそ、一年半前の結婚式にこぎつけることができたのである。

このようないきさつは村澤さんに向けられた憎悪の念を増大させる結果になった。このたび突如として明るみに出された村澤さんの一連の悪行は、お母さんの心の支えを取り払い、根底から打ちのめすのに十分すぎるほどの力があった。真里江さんは何も語らなかったけれども、だいぶ前から何か悩み事があるのではとうすうす感じていた。そこに真里江さんの話がもたらされたのである。どれもみなそうあってほしくないと念じていたことばかりであった。真里江さんの一途な気持ちもお母さんの心情も、これまでのいきさつによりことごとく水泡に帰したのである。

言葉も交わさず、結婚式にも出席しなかったけれども、真里江さんのお父さんは内心ではすでにこの結婚を許していた。ゆくゆく村澤さんがお店をもつというときには惜しまずに援助して、いろいろ便宜をはかってやろうという心づもりだったのである。事ここに至って、真里江さんはお父さんにきちんと詫びた。実に数年ぶりの父と娘の会話が交わされたのである。お父さんは、やはりだめだったかと肩を落としたという。

村澤さんの誠意を伝えようとするぼくの言葉は、真里江さんに対する場合と同じく、まったく形をなさずにかき消えてしまった。私どもはもう何が何でも一日でも早く離婚させ、悪い夢を見たと思っていっさいを忘れて新たな出発をはかるつもりだというのであった。結局、お母さんは、ぼくの話から、村澤さんには離婚の意志がないことを確認しただけであった。

ひとりきりのとぼとぼ亭

架け橋になろうとした目論見は水泡に帰し、ぼくにできた唯一のことは、はあ、はあ、とうなづきながらお母さんの話に耳を傾けることだけだった。とりとめもなく多岐にわたる物語だった。場面ごとに伴ううらみつらみは、ときに不覚にも涙しつつ、繰り返し繰り返し語られて、とうとう夜が明けてしまった。帰りがけに玄関口で、真里江ちゃんの味方になってください、頼みますね、とお母さんが言った。不意をつかれて、ぼくはまたしても、はあ、と自覚のない返事をした。

今や事の重大さは明白だった。ぼくは明確な態度決定を迫られていた。身体はくたびれていたが、興奮のさめやらない気分だった。今日はもう福岡に行かなければならない。ともあれこれから四谷駅まで歩くのである。夜が明けて地下鉄が動いているけれども乗らなかった。昨夜のように新宿通りを歩く気持ちにもなれず、とぼとぼ亭の通り道をたどって四谷の裏街道を歩こうと思った。ひとりきりのとぼとぼ亭だった。

かつての下宿先のクリーニング屋の横を通り、文化放送の前を通りすぎた。どんなささいな風景にも四谷時代の片鱗がこびりついていた。ふと、真里江さんの言うとおりにすればよいではないかと思い当たった。真里江さんが離婚を願うのであればかなえてやるべきではないかと思った。村澤さんは真里江さんの主張のすべてを受け入れなければならない。仕方のないことなのであった。ぼくは、しょうがない、しょうがないと、それぱかりを頭の中で無限に反芻した。

真里江さんの手紙

福岡にもどってまもなく真里江さんの手紙が届いた。

《真里江さんの手紙（九月二十五日）》

高瀬さん、いろいろ御心配くださってほんとにありがとう。感謝しております。お手紙読んでいくうち事の重大さがひしひしと身にしみてまいります。人間いったい何を信じてよいやら訳がわからなくなりました。あれほど信頼していたのに。こちらが心底から誠意をもってすべてを理解しようとし続けていたのに。あんな人だったとは。こうなってみると、真心なんていうものはいったい何だったんでしょうね。

その後何の進展もしておりません。安川氏がまた九州に行ってしまいましたし、どうも父と予定がかみ合わないみたいです。二週間帰らないそうです。

私の気持ちとしては、とにかくその交渉を待って、すべてそれから積極的に行動しようと思っているのです。というのは、私自身少しあせり始めました。いったいこのままの状態がいつまで続くのか、と。はたして親ばかりを頼っていいのだろうか。自ら交渉に乗り出した方が賢明ではないのだろうか、と。はっきりしない状態が続くのはとてもいやなものです。が、とにもかくにも交渉を待って、それでもラチがあかなければ…と思っております。

それにしても高瀬さん、これでいいものなんでしょうか。村澤が全く良心に恥じてないとすれば、いったい真実とは何でしょう。悪が栄えてこれで世の中いいものなんでしょうか。事がこのまま通ってむこうが少しのキズも負わないとしたら、私はいったい何をいままでしてきたんでしょうね。

高瀬さんておもしろい方ですね。絵で分析するなんて…。私もそのとおりだと思いました。あの図がすべて言葉で言い表せない部分まで示していると思います。母もほんとに高瀬さんらしいと話しておりましたよ。

私は青春を犠牲にしてしまいました。が、私には乃江ちゃんがいます。体中の全エネルギーをふりしぼり、戦います。戦いぬきます。親の反対を押し切って結婚、という私の身勝手な行動が、私の子として生を受けた乃江ちゃんに最大の迷惑をかけてしまいましたが、将来後悔しない乃江の母親となるべく断固として悪に立ち向います。

今後も助言をお願いいたします。

母が大変感謝しておりました。御身御大切に。

かしこ

ぼくは福岡にもどってすぐに真里江さんに手紙を書いた。長い長い手紙だった。真里江さんとお母さんの話を村澤さんの話と対比させて状勢を分析し、合わせてぼくの判断を述べるという趣旨のものだった。真里江さんの手紙はそれへの返書である。

安川氏というのは村澤さんの伯父さんである。村澤さんの父親代りとして、この一件について全権を委任され、真里江さん側との交渉にあたることになったのである。

ぼくが絵で分析した対象はほかならぬ村澤さん自身であった。村澤さんに対するぼくのイメージは、わずか二日間の一連の出来事の影響を受けて急激に複雑さの度合いを高めた。村澤さんはぼくの単純な判断力ではとうてい及びえない複雑怪奇な人物のように思われた。そのような気分を図示して、思うに村澤さんとはこのような人ではないかと、言葉になりがたい印象を伝えようとしたのであった。また、この件に対するぼくの判断は、何も要求せずに無条件でただちに離婚するのがよいというものであった。

真里江さんの手紙に続いて、真里江さんのお母さんからも手紙が届いた。

《真里江さんのお母さんの手紙（九月二十七日）》

日毎に涼しくなりました。其の後お変りありませんか。先日は親元も及ばぬ御尽力誠にありがとうございました。貴方様にとって大切な一日をわざわざ繰り上げてまで私共の為に一方ならぬ御心労をおかけし又御両親様にまでも御心配をして頂き本当に申し訳もございません。真里江共々厚く御礼と御詫びを申し上げます。九州にお着きになって早々に事細かなお手紙を頂き私も真里江の処に飛んで行き拝読しまして二人で感激いたしました。

此の間も申しました様に事が事だけに誰にも話す事が出来ず毎日が苦悩の連続でした。

貴方様のお言葉の一つ一つが私共にとって地獄に仏荒海の中の助け船とでも申しましょうか、百万の味方を得た気持ちでございます。

近々あちらの方達と逢う事になっておりますのではっきりさせたく、もし承知しない時は直ちに家裁に申し立てるつもりでおります。そして一日も早くこの事からぬけ出し今後の事を考え再出発させたいと思います。どんな苦しみが二人を（真里江と乃江ちゃん）待ち受けているか。でも今までの状態よりはどんなに増しか。私も一日でも長く生き二人を見守ってやりたいと思う時一人涙して胸がしめつけられる夜が続きます。

貴方も真里江ちゃん以上に長い交際で信じきっていただけに私共同様悔やまれる事でございましょう。お手紙を何度も何度も拝見し、事の一つ一つが驚く事ばかりです。詳しく書いて頂いて嘸（さぞ）かし大変だった事でございましょう。

貴方のおっしゃる通り全くあの男は病人としか思われません。普通の人にはとても考えられない事ばかりですので、よくもまあ一年半も堪え忍んできたものと思うたび新たな涙にくれてしまいます。

今から一年半前花嫁衣裳を着飾った真里江ちゃんをしみじみと見て「とてもきれいよ。

幸せになってね」と顔見合わせ涙をこらえていた真里江ちゃん。私も無理に笑顔をつくりました。

そのそばで朋也さんとお母さん、そしていり子さんとお子さんがその光景を見て居りました。二人並んで写真をとりました、神前では高々と誓いの言葉を読み上げた朋也さん。其の時はどんな気持ちでいたのでしょう。（その時は既に着物が質に入れてあったとは。）そしてささやかながら披露宴。大勢の方がお祝いに出席して下さいましたのに…。朋也さんも、そしてお母さんもいつでも其の場其の場が通ればよかったわけで、何も知らない私はそれ以来ずっと出来る限りの事をしてやったつもりです。（其の事をひとつひとつお話すればきりがありません。）屋台を引いていた朋也さんに裕福な結婚生活を望むすべもなく、たとえ貧しくとも唯あの人の人間性だけを信じ、頼りにして家庭をスタートさせてあげたのに最初から全面的に裏切られていたのです。酷なやり方でその信頼が失われた今、あちらの言い分等一言もないはずですのにあの様な態度なのです。日が経てば心も和らぐだろうとの目算も随所に見うけられます。私共は過ぎれば過ぎる程顔さえ合わしたくございません。

さてこうした事をあらゆる面で理解して下さるのは高瀬さん、貴方だけです。あのお手紙であちらのやり方や気持ちがよくわかり交渉の際に大変な助けとなります。いろいろ御迷惑をおかけしまして申し訳ない気持ちで一杯です。勉学中の大切な日々これ以上御迷惑をおかけしない様一日も早く解決し安心して頂くように頑ばります。どうか見守ってあげて下さい。

又何か話が進み次第御知らせ致しますので学問にお励みになって下さい。季節の変り目ですので御身御大切に。ご健康を祈って止みません。

夜も更けて十二時も過ぎました。では又いづれ。御機嫌よう。

問答無用でただちに離婚という強固な決意には微塵(みじん)のゆらぎも感じられなかった。いり子(依理子)さんは村澤さんの妹である。

状況の変遷を見守る

十月に入ってすぐに真里江さんから手紙が届いた。

《真里江さんの手紙（十月一日）》

先日は御電話をありがとうございました。東京はここ二、三日めっきり涼しくなりました。

さて、九月二十七日（土）。安川さんの奥さんがやはりみえました。弁護士の方と一緒でした。私は自分の気持ちをそのまま率直に告げました。自分の意志が一番大切ですから。どんな事があっても、もう二度とふたたび一緒になどなりたくない事。区役所でもらってきた離婚届までみせました。二人の意見は相も変らずですが、一口で述べれば…。

私達は何も貴方がたの離婚を妨げようというのではない。こうして時期をみているのは村澤が何しろ今やっといろいろの事がわかってきた状態なので、人から強制されず自らが子供の為にその将来を考え出すのを待っている（それには子供の為に貯金通帳の一冊でも用意してやる）。判を押す事は簡単だが、急にそうしたのでは、いくら手続き上離婚しても、会いに来たり、ひいてはお金さえも送らなかったらどうする。私達はそれを一番心配しているのだ。

と、こういうものです。もしそれをそのまま善意に解釈すればなる程とも思うのですが、高瀬さんはどう思われますか。それをおききしたくて。勿論、その時期については私も問い正しましたが、半年や一年にはならないというので。もう一度借金の額をききましたが、やはり三十万との事でした。

さてそれからなのです、問題は。

山本さんからそちらにお電話がありましたか。実は安川さん達が帰った後、来て下さいました。その前の日（九月二十六日金曜日）に、つまり高瀬さんからお電話いただいた翌日、依理子さんの所に電話しました。そしてその翌日、山梨から直接にこちらにみえました。（高瀬さんの事ははじめ言いませんでした。）やはり一番冷静な方ですね。そして四百万の借金の事御存じありませんでした。そこで高瀬さんの事もお話ししたわけです。村澤から山本さんに話してある事とだいぶ違っているみたいで驚かれたようです。

今日の事をお話ししなければなりません。それが大変なのです。話し方が…。名前も言わないし、とにかく今まであういう人と接した事がありません。ゲンナマとか、あんなジョウトウな事言うんじゃないよ、とか、想像してみて下さい。とにかく私はキゼンとするように心掛けました。ここに一緒に暮していない事ももちろん言いました。もっともあとで、おどかしてどうもすみません、と言って切りましたが、なんかドキドキしました。どうしてここの電話がわかりましたか、という事に対しては本人から聞いたとの事。そして午後…、また電話がありました。今朝の方ですか、と言うと違うとの事。やはりお金の事なのです。同じように、暮していないと述べましたが、本人から電話番号を聞いた由です。

こうして一日に二件の電話がありました。考えてみますと今日はおついたち。月末迄にきっと何らかの借金を返済しなかったのでしょうね。それにしても今になってここに電話してくる事が理解できません。

以上、数日間のうちに種々の事が起りました。今晩（さきほど）その電話の件、安川さんに電話しましたが驚いていましたよ。ほんとに四百万の事は御存じないみたいですよ。

いろいろに忙しい事と思いますが、御返事をお待ちしております。

かしこ

山本さんは村澤さんの妹の依理子さんの御主人である。村澤さんと気持ちの通い合うところのある人らしく、どのようないきさつからか、若いころのほんの一時期、村澤さんといっしょに屋台を引いたこともある。今度の事件が村澤さんの親戚の間で問題になったとき、山本さんは、借金を返済すればすむのならおれは百万円出す、と言ったそうである。これは村澤さんから聞いた話である。

ぼくは真里江さんに手紙を書いた。二週間がすぎて真里江さんから続報が届いた。

《真里江さんの手紙（速達。十月十三日〈消印〉）》

東京は二、三日雨が続いています。急に寒くなりました。

こちらの状況は大変な事態になりました。十月十一日、もう二週間もすぎたので私が先方に電話しましたところ、二十二日（水）でないとだめとの事。これではらちがあかないので、翌十二日、べつに父がいなくともと思い、もっと早い時期に会いたいという電話をしました。すると安川氏いわく。何故そう急ぐのか。真里江さんに再婚話でもあるのか。二十二日にもそちらには伺わない。そんなに急ぐのなら家裁にでも何でも言えばよい。弁護士を立ててもよい。奥さん、どうせ子供はこちらのものになるんですよ。（これは〈真里江さんのお父さんに対して〉何度も言い切っていたそうです。）この間もだんなさん（父の事）に言ったように、私の娘だったら結婚させなかった。した方が悪い。結婚させたのはそちらだと、こうなのです。下野さんという方も、そういう男と見抜けなかった娘さんの身の災難、という事です。下野さんは、とにかくもう少し待ってほしい、半年とか一年等と長い事は言わない、と言っています。

頭が混乱してきてわけがわからなくなりました。私の一番心配するのは子供の事。何故、何を根拠に、安川氏はあんなに自信ありげに言い切れるのでしょうか。家裁に持ち込んでも三回呼び出しに応じなければ不成立という事もむこうが言っていますし…。この際、少し待ってみようと思うのですが、それとも弁護士にお願いしてみようかとも思い、迷っています。

また月末になれば子供を見に来るでしょうし、不愉快な事ばかり。

やはり多額の借金の事は知りませんでした。こちらが働きかけない限り何とも云ってこないのですから始末が悪いのです。これからどうしていったらいいのか、ほんとに訳がわからなくなりました。本人に直接言ってやりたい気持ちです。だいたい本人はもう離婚してもいいと思っているのか。そうだとしたら、間に入っている人がよけい話をややこしくしているとしか思われません。また手紙を書きます。

かしこ

村澤さん側はなだめすかしつつ、真里江さんの気持ちを旧に復させようとしているもののようであった。

村澤さんからも手紙が届く

真里江さんの手紙が届いたのと同じ日に村澤さんからも手紙が届いた。日付は一日後の十月十四日である。

《村澤さんの手紙（十月十四日）》

前略。高瀬君、その後はいかがお過ごしですか。東京は連日雨が降っており、秋晴れの空は時たましかありません。気温の方は朝晩冷え込んでまいりましたので、仕事は順調にやっております。私の生活は相変らずでありますが、山野家の方は相変らずきびしく、私を許す気配もなく、私はただ沈黙するしかない立場におかれておる毎日で、それを忘れる為に仕事に精を出しております。

それで今日、私は妻の母親宛ての手紙を苦労して書き上げ投函した所です。私の伯父や伯母に全部依存して沈黙しているわけではない事を知らせたく、長い間迷った末に決心して書いてみました。結果はどうあれ、私の気持ちを伝えねばならないと思い立った事なのですが、貴君はどう思われますか。

来る二十二日、向うとの話合いが私の伯父や伯母の間で行われ、大体の事ははっきりすると思いますが、多分彼女自身の気持ちをときほぐすのは難しい事です。結果はどう出ようと私は覚悟しておりますが、私のこれからの人生のテーマは、真里江と乃江は未来において幸福でなくてはならないという事であります。その為に私はこれからの私の持つすべてを使い尽くすつもりです。

私は幸い良い友人にめぐまれたことによって、私しだいでは不可能でない事を知りました。銀行など先日までの私には無縁でありましたが、九月は暑いにもかかわらず、定期預金八万余円と真里江達の元へ十万円、その他の収益を得る事が出来、私の力を知る事も出来ました。十月も半ば、今月はさらに仕事がおもしろくなり頑張っております。

私事ばかりヅラヅラとならべましたが、貴君がなつかしく、又話せる友として是非聞いていただきたく我慢してください。

先日テリーが鎌倉の大祭の時馬から落ちて足を折り、松葉づえで時々やってまいりますが、元気はあります。彼は十二月十三日頃一度アメリカへ帰ることになっていますが、来年の一月にはまたやって来るそうです。

一度家庭の味を知った私は、夕暮れの冷えるにしたがい温かい家にもどりたい場合はどうしようもありません。そこで貴君にお願いがありますのは、時々元気な手紙をほしくなり、どれだけ私ははげみになる事かと心待ちにしております。十二月の帰る前にはぜひ一度お便り下さい。体に気をつけて勉強にはげまれることを祈ります。

又書きますがではそれまで。サヨナラ。

山野家は真里江さんの実家である。

村澤さんは温かい家庭にもどりたいという感傷に耐えながら、よき日常生活者でもありうる力量を見せようとしているのであった。だれもが当たり前のこととしている状態に身を置こうとして全力を尽くしているのである。村澤さんもまた苦悩に満ちた日々を送っていたのである。

長電話

ぼくは村澤さんを複雑な性格の人と思い、判断のつきかねるままに思考を停止させていた。かつてそう信じていたように純粋一途の芸術家というイメージはさすがに消えていた。だが、真里江さんと真里江さんのお母さんがそう思っているように、世間知らずの娘を手玉にとった極悪人とも思えなかった。破滅型の芸術家のようでもあり、俗世間にはよくあるという単なる生活破綻者のようでもあった。にわかには断を下しがたいけれども、どうやら思考の類型を脱却して、独自の思索を通じて把握しなければならないように思われた。これは新鮮な発見だった。ぼくは一種名状しがたい感傷にとらわれて、すぐに近くのたばこ屋に出向いて店先の赤電話で電話をかけた。

ところが電話に出た村澤さんの様子はぼくの感傷とは無縁だった。村澤さんは元気いっぱいに状勢を分析し、今後の見通しを語った。真里江さん側の言動に対して手きびしい批判を加え、これまでの生活の反省と新たにした決意の内容を語った。批判というのは、たとえば真夜中にピリカに電話をかけてきて、お客さんで込み合っているにもかかわらず、村澤さんのお母さんにくどくどとつまらないことを問い質すという行為に対するものであった。新たな決意とは何かといえば、いっさいを悔い改めて自己を律した生活を営みつつ、真里江さんの感情の軟化を待つというもので、必然的に長期戦の覚悟を辞さないというものであった。

　村澤さんは、あちらはおれのことを鬼か悪魔かのように思ってとりつくしまもないんだと言った。言いたいことはあふれるばかりであるけれども、今はその時期ではないとしてじっと耐え忍ぶ決意を固めた。毎日の仕事の終りがけには四谷三丁目の角で屋台をとめ、真里江さんの実家に向って、決して人の知ることのない深々とした一礼を捧げた。いつの日か必ず決意の通じる日がやってくるにちがいなかった。

　話はえんえんと続き、とどまるところを知らないかのようであった。ポケットいっぱいに用意した十円玉はやがて底をつき、そのつどたばこ屋のおばさんに頼んで千円札を十円玉に取り替えてもらった。両替は幾度も幾度も繰り返され、最後のころには赤電話自体に蓄積された十円玉を取り出さなければならなくなった。ぼくはそのつど、すいません、すいませんと恐縮した。おばさんは、いいんですよ、いいんですよと言いつつも、さすがに単なる好意のみが現れている顔つきではなかったと思う。村澤さんは、十円玉はまだ一万個くらいあるか、などと言っては話を続けた。安川のおじさんが、だれだかわからないがこちらの事情をあちらに暴露している者がいるといぶかっているという話もあった。内通者とはすなわちぼくのことで、これにはどきっとしたが、それ以上の追及はなかった。

さすがに話がふっと途切れた瞬間が訪れた。そのとき村澤さんは、ところでおまえはどう思うかと問うてきた。ぼくは、真里江さんの言うとおりにしてくださいと応じた。いつ果てるやもしれない長電話の中で、ぼくが口にすることのできた言葉はこれっきりであった。しかもまた、ぼくの意見のすべてはこのひとことに集約されていた。村澤さんは、そうか、わかったと言って、また話し始めた。村澤さんの話に実質はなかった。胸中にやむにやまれぬ無念の思いが沈殿していて、それを取り囲む一種の雰囲気を、無際限に繰り返されるおしゃべりを通じて以心伝心をはかろうとしているかのようであった。

やがて終末のときになった。かれこれ一時間で一万円。一千個の十円玉を投入し続けた。まことに常軌を逸した出来事だった。もう一万円もかかりましたと伝えると、村澤さんは、いやあそうか、おまえらしいなと、電話の向うで機嫌よく大笑いした。このときばかりは、こんな事件の起る前の、ほんの少しだけ時をさかのぼったころの雰囲気がかもしだされた。電話はこうして終った。大仕事を果してなお甲斐がなかった。思考の混迷はますますその度合いを深めるばかりであった。事件の見通しも立たず、村澤さんの考えていることを理解することもできなかった。

その夜、ぼくは村澤さんに手紙を書いた。長い手紙になったが、実質的な内容はただひとつきりで、真里江さんの言うとおりにしてくださいと、繰り返し繰り返し書いたのであった。やがて二通の手紙が相前後してやってきた。それは村澤さんの一歩進んだ心境を力強く開陳するという体のものであり、立ち込めた暗雲を一挙に吹き飛ばすという風格が備わっていた。事態は急転し、一気に解決への道をたどろうとするかのように思われた。

困惑と混迷

村澤さんの手紙は二通とも速達であった。

《村澤さんの手紙（速達。十月二十四日）》

高瀬、ありがとう。

長い時間を要したが、気持ちの整理もつき、決心した。前々から私の覚悟でもあったのだが、すべてを失った私は無念の思いがあり、長びいてしまった。君からの一便により同感し、追便により私はまさに彼女への誠意とは何であるかを知る。一読し、私は山野家に電話を入れ、直接彼女と話し、二十六日、彼女の思うとおりの方法で二人で話し合う。

今回君が私達に対して心から骨をおってくれたことは、私にも彼女にも永遠の光として忘れることはあるまい。私は幸せものだ。君のような友達は、ま、こんな事は後々書くことにして、結果だけを早く知らせる。

私の三十三年間のすべての罪業(ざいごう)を、不幸にも最愛であり宝であった真里江に負わせたことは絶対に許されることはあるまい。しかし、私は一生かかってもその一部だけでも償えたらと思う。その事には一生をかけるつもりだ。しかし今は彼女の中から怒りや憎しみが消え、悲しみに変る事ができれば、それがせめてものつぐないと思い、私は急ぎたい。

私のまちがいだらけの性格を完全にたたきのめし、悪の歯止めとなり、私に人の道を教えてくれた彼女には私は感謝すると共に、私の人生の丸にしたい。

また書く。早く君に伝えたいから、今からこれを出しにいく。

《村澤さんの手紙（速達。十月二十五日、朝）》

高瀬君、私は良い友を持って心からうれしく思う。今度の件は真里江との交際、結婚生活の間に起った問題ばかりではなく、私の長い人生の中にむしばまれ、巣くったすべての悪の重みがもたらしたものであることは前便のとおりであるから、私は全面的に自らを裁く決意をした。今、そのような気持ちの整理がつき、人々の姿がやたら美しく見える。今回の件についての私への人々の温かい思いやりは、今、私の心になんともいえぬ感動を与えている。思えば、君にとって取るに足らぬ悪い人間であった私への人間ばなれした温かく適切な助言には、何とも頭の下がる思いだ。私は人の道、人の愛が何であるかをはっきり見極めた思いと共に、まちがいなく最愛の人は人間真里江であり、最も大切な宝は乃江であることを深く心に刻むことができた。また、私は自分より年下の高瀬の自分の道をひたすら歩む姿を私の人生の範としていきたいが、もし許されるならば、私の良い友としてとどまってほしいことを心からお願いしたい。

私はこれからかつての情熱を思い出し、絵を描きたい。できるだけの時間をとり、その事の中に人生を見つけたい。真里江と乃江の生活は私の生活でもあるから、現在の仕事もせねばならないが、この仕事はそんなに長い間は続けられないだろうから、今のペースで無理せずにやれば、二、三年後には小さなラーメン屋のおやじになれるだろう。これは、彼女たちの生活を不安定なものにしないためにもぜひやりたいことだ。たぶんその事が彼女達にとって迷惑な存在であれば考えなおすつもりだ。また彼女達とは離別している人間が何をたわごとをと思われても、私はこれだけはやりたいし、少なくとも乃江の十年二十年先のことだから、私はやはりやっていくだろう。絵を描くこともしかりだ。私も色々の事があって離別せねばならないが、血のつながりは誰にも断てるものではない。遠い将来は少なくとも尊敬される父親となりたい欲は許してほしい。

今まで美とは何かという問題に触れたとき、私にどうしても越えられなかったのは、私自身の中にそれを追求するのにふさわしくないものがあまりにも多すぎたからだ。心底からの感動がありえなかったからである。人の心を踏みにじってきた私ではあったが、真里江のあまりにも大きな彼女自身をかけた今度の行動に驚きを超越した感動を覚えた今、美とは心すなわち自分自身の心を磨かねば知りえないものであることを全身で感じたのである。そのことは高瀬にも今後の交友の接点にしたいし、私の成長を助けてほしいと思う。遠く一人勉学に励んでおられる君にたいへん世話になったが、いかに遠くとも、私は今君がすぐ側にいることがわかったし、乃江も真里江というすばらしい愛に満ちた母を持ったことによって良い子に育つだろう。

私は今すぐには充分なことはやってあげられないかもしれないが、きっと良い父親（先に述べたような存在）となっていくことにより、支えとなりたい。

明日私は真里江と話し合い、彼女の望む通りにしたいと思います。この手紙もできるだけ早く届けばと思いますが、多分その結果が出たころとなります。君との約束は果すから安心してください。また明日書きます。では。

相前後してやってきた村澤さんからの二通の速達は、ぼくを心から喜ばせるのに十分すぎるほどの効果をもたらした。村澤さんはいっさいを反省して真里江さんの言うとおりにする決意を固めた。たとえひとり離別の境遇にあろうとも、真里江さんと乃江ちゃんの将来に思いをはせて、尊敬される父親たらんとするのである。わけてもかつての情熱を思い起して絵を描きたいという心情の吐露に接して、ぼくは深い感動がこみあげてくるのをおさえることができなかった。村澤さんはぼくが心に描いていたとおりの人なのであった。こんな事件は何かのまちがいで、それももうすっかり解決した。すべてが一新されて、これからは新たな日々が始まるにちがいなかった。

こみ上げるうれしさをおさえかねて、すぐに公衆電話に走った。少し前に十円玉を一千個も使ったばかりのあの赤電話である。電話に出た村澤さんは、「おう、おまえか」と言った。ぼくは開口一番、「このたびはよかったですね」と言った。心にあったとおりの、そのままの気持ちだった。

ところが村澤さんの言葉は、感動に満ちあふれた二通の速達の調子とは打って変って、案に相違して奇妙に冷静で、まことに意外なものだった。村澤さんは、まだ向うとも会っていないし、離婚するつもりもないとぼそぼそとつぶやいた。そうして、おまえもあんまり向うと連絡を取ったりしないで勉強に専念しろと、一本釘をさしておくというおもむきのひとことを付け加えた。

思いもよらない出来事だった。思考の回路は完全に混線し、言葉はもはや形をなさなかった。

はあ、はあと不得要領の生返事に終始して、中味の薄い電話が終った。二通の速達と電話の言葉が交錯し、何もわからなくなった。茫然自失の体のまま十月の日々がすぎていった。

悲しい心

十一月入って村澤さんから速達が届いた。

《村澤さんの手紙（速達。十一月五日〈消印〉）》

待っていてくれたまえ。私も仕事のできる人間であることが君にわかるだろう。私はこの数ヶ月間色々の事を学んだ。このことは無駄にはしない。私は建設的な方向に気持ちをはっきり向けているのがわかり、血が騒ぐのをどうしようもないのだ。意志のある所、道は開ける。きっと真里江やその他私の家族の者も、私のために顔を赤らめるようなことはなくなるだろう。私の野心は複雑なものではない。今は私を駆り立てている熱情よりも多くの失敗について私は悔恨の日々を過ごしている。私の志している仕事（金銭的なものではないかっての）を取り戻さなくてはならないのだが、それも必要なことだろう。

今の仕事も、これからはそれらを助けるにはたいへん都合のよい仕事だ。美しいもの（これは真里江や乃江も含む）を得るには、また創るには、今のこの意志を、熱情を、やりぬかなければならないのだ。今は、仕事、寝る、デッサン、仕事、が私の生活のすべてであり、何も考えるのはよそうと思う。今度の事件の結末は私の負うべき義務をはっきりするところまでは出ていないが、それも次第に片づくだろう。

他人（私の親類や兄弟）がいくら私に施してくれても、私はまたそれを私用し甘えることになるだろうことを真里江は一番良く知っており、決して私を許さぬが、そんな彼女に今は新しい尊敬の念を持っており、私の中に彼女の占める存在の大きさを身にしみて感じております。きっと彼女にわかってもらえる日を私なりの方法で待ちたい。今度のその事に対して、君が誠に私情を捨て純粋な気持ちで私をいましめ、解決への糸口をみいだす努力をしてくれたことを、私は一生忘れまいと思います。

ではまた。なお冬休みも近づいてきましたが、その時までには、一度君が訪れた私の部屋も血の通った部屋となりましょうから、再会を楽しみにしております。

乱筆乱文にて失礼したが、今仕事中であるゆえに御かんべんを。

あふれ出る情熱と強固な意志が信じられないのではなかった。だが、もう心は動かなかった。村澤さんは、決して自分を許さぬであろう真里江さんに対して、今では新たな尊敬の気持ちを抱いていると語っているが、そのようなことはおかまいなしに真里江さんと真里江さんのお母さんはただただ憎悪の一念に固まっていた。

あれを思い、これを思って頭がいっぱいになった。状勢は茫漠と拡散して、もはや理性の介入する糸口は見えなかった。ぼくは村澤さんの手紙を幾度も読み返した。すると無性に悲しくなった。かつての志を取り戻したいという村澤さんの心が悲しかった。真里江さんとお母さんの憎悪と怨念が悲しかった。

村澤さんからの手紙はこれが最後だった。ぼくももう手紙を書かなかった。

終焉に向う

十二月に入ってすぐに真里江さんから手紙が届いた。久しぶりのことであった。

《真里江さんの手紙（速達。十二月二日〈消印〉）》

お元気ですか。

しばらく御無沙汰しておりましたが、その後お変りなくお過ごしのことと思います。東京も寒さがめっきり厳しくなりました。なにやかやとうとう師走（しわす）を迎えてしまいました。

私の方は相変らずですが、娘がずっと病気でそれどころではないといった感もあります。

高瀬さんはあちらとは連絡をとっていますか。

結局、この五日、家庭裁判所から呼び出しがあり、行くことになりました。そちらに手紙を書いてからまた何通か手紙がきましたが、どれも同じ内容で、いつかきっと迎えにいく、ということです。

山本さんからも母の方に電話があり、私と会うまでは離婚するつもりだったが、会ってまた未練がわいた、と言っていたそうです。もうこうなると何も言うことはありませんね。それはそうと、家裁の受付の人が、こういうケースは珍しいと驚いていました。あらためて腹が立ってきました。

そちらからも御連絡がないので少し心配しておりました。もうあきれてしまったのかしらなどと考えてみたりしましたが、とにかく早く乃江が元気になるのを願うばかりです。

朝夕冷え込みますので御身御大切に。

かしこ

問題はついに家庭裁判所に持ち込まれた。

やがて新しい年になった。真里江さんからの二通の速達が相次いで届いた。

《真里江さんの手紙（速達。一月十六日）》

新たな年を迎えますます勉学に意欲を注いでおられることと存じます。

十日夕方、先方に電話しました。やはり思ったとおり何も、ほんとに何にもわかっていないのだ、ということがわかりました。まったく病気です。それも重病です。

十二月中旬、送金がないので手紙を書きましたが、それにたいへん怒りを覚えているらしいのです。私としては真実のみを記したつもりですが。

内容はだいたい——調印してない現在はまだ夫婦だから生活費を送るべき。そして、あなたの行動であなたという人間の評価はついた。必ず約束は実行すると何度も手紙をよこしながら、二ヶ月ほどでもうすでにたがえている。その場限りのことしか言わない。私が男だったら必ず実行するのに、それができないあなたは病人だ。——とまあ、先方にすればかなり強烈に頭にきたのでしょう。

それにしても、離婚はしない、送金はしないではまったくわたしの立つ瀬がありません。それはそれとして電話のことですが、先方ははじめの時の状態と同じなのです。

おまえがかってに出て行ったからには自分でやっていく自信があったのだろう。出て行きながらおれをあてにするのはおかしい。送る金などない。今度家裁に行く時は離婚するつもりだが、この間の手紙はいったい何だ。家裁で公開する。とこんな風にまくしたてます。もちろん手紙を見せてもらってもいっこうにかまいませんが、話の中で、子供のことを考えないのか、ということに対し、おまえがさらっていった。おれの子かどうか血液検査をしてもらう、などととても正気の沙汰とも思えぬことを本気で言っているのです。これには私もほとほとあきれかえり、どう言い返してよいかわからなくなりました。

十九日、家裁に行って先方はまたせつせつと訴えるのでしょうけど。

私は今月ここを引っ越さねばなりません。家賃があがるのでそうすることに決めました。今、さがしている最中です。働きに出るまでの生活のことを彼に責任をとってもらうことを要求しようと思っているのですけど、高瀬さん、このことをどう思われますか。彼がお金などないというかもしれませんが、大の男が遊んでいるわけではないし。

それから高瀬さんの話が出ました。それも向うから言い始めたのです。一度離婚の決意をしたことがあるが（これは十月下旬のことです）、それを高瀬に言うと（呼び捨てでごめんなさい）、それはよかったですと言った。おれはてっきり止めてくれるのかと思ったのに。とまあこんな調子なのです。あの人はいったい良心というものがあるのでしょうか。現在の自分はまったく正しいと思っているのです。今度、私も彼の手紙を全部公開しようと思っているのです。

いくらがんばろうと思っても、何か私、感情的になりそうで、しかも一時間にいろいろ言おうと思うと何か少し不安です。私一人ならさっさと調印だけして、ということでさっぱりするのですが、子供のことを考える時、現実に生活がずっしりと身にこたえるのです。

それから高瀬さん、絶対にお金は返してもらうべきです。あの電話の態度、しゃあしゃあとして暮していることを考えるとまったく許せません。きっとお金を借りていることを忘れたかのように平然としているのを黙っているのは絶対不公平です。まして、学んでいるあなたからですよ。大きな事ばかり、それもいかにも人生がわかっているかのようにあなたに接していてですよ。肝心のことを忘れているではありませんか。あまりにもあきらめてしまうには大金です。

またまた不愉快なお手紙で申し訳なく思っていますが、ぜひまた御返事ください。

寒さ厳しき折、かぜなどひかないよう、お気をつけください。

かしこ　真里江

《真里江さんの手紙（速達。一月二十九日）》

いつも適切なアドバイスありがとうございます。一月十九日は結局調印いたしませんでした。というのは、先方も不本意ながら離婚の決意できましたが、その後の事が幾分問題になったのです。離婚後も子供に会いたいと言うのです。私は今までのいろいろ申し立てたい事はほとんど避け、主に今後の事だけを言いました。だからあまり心配していたよりは話し合いはスムーズにいったのですが…。

慰謝料の事はほとんどあきらめておりましたが、やはり養育費です。家裁では、いくら要求しますか、という問いに対し、私が口ごもっておりますと、二万円ではどうですか、という事になりました。この金額は、おそらくそれ以上要求しても先方に支払い能力がないとみて出てきたものと思います。結局、裁判官という方が登場して、
一、離婚はする。
一、親権は私の方になる。
一、養育費は二万円とする。
この事が十九日に決定しました。ところが、
一、養育費二万円ではとても生活していけないから、慰謝料の代りに二万円に少し上乗せしたらどうか。（これは先方に対しての課題）
一、子供をとられた悲しみはあなた（私のこと）が一番わかるはずだから、たまには会わせたらどうか。（これは私への課題）
この二点が次回二月十六日に持ち越されることになりました。調印しようと思えば（子

供に会わせるということに妥協して）できたのですが、これは私と乃江（特に乃江）にとってはたいへんな問題です。そこで時間になってしまったわけです。高瀬さんの言われるように、まったく養育費のことなどあてにしない方がよいのは十分わかっております。ですから次回には、絶対、いかなることがあっても子供には会わせない、そして、一応上乗せすることを要求しても、もしだめなら二万円でも仕方がない、と申し述べる決心をしました。

さて、今後の私のことですが、やはり家に帰るのがおっしゃるとおりもっともよいのです。が、事情がいろいろあって（おそらくわかっていただけない）、どうしても独立せねばなりません。たとえ今帰っても、いずれはそうしなければなりません。住む場所にはほとほと困って、福祉事務所の母子相談に幾度か足を運びました。つい二、三日前までは、板橋にある母子寮に入ることも真剣に考えておりました。そこは生活保護という形で（四畳半で協同炊事）、生活には困らないそうです。この考え方は、子供のことを一日中みてあげられる、そして少し大きくなったらまたなんとかしよう、というもので、乃江ちゃん中心に考えた場合です。

が、やはりもっと前向きに生きようと思い、一つ勤め先がありそうなので、三月迄は母にみてもらい、四月から保育園にあずかってもらい、この辺に部屋を借りることにしました。といっても、まだみつかりません。

私もさんざんどちらにすべきか迷いに迷ったのですが、乃江にはかわいそうなのですけど、いずれは私も勤めなければなりませんし、高瀬さんはどうお考えになりますか。私が一生懸命生きている姿を子供もきっとわかってくれると思うのです。だから寮などに入らず、働いて、ということにしたのですが。

そんなわけで、部屋のことから今後のことからで、十九日はまったくたいへんでした。何がたいへんかといえば、迷ってばかりいたからです。自分でまいた種とはいえ、関係のない子供にまで迷惑をかけてしまって、どうしてよいやらわけがわかりません。

またお暇な時お便りください。

かしこ　真里江

村澤さんがこれほどまでに離婚をいやがる理由はわかりそうでいてわからなかった。ぼくの想像の世界にはごくありふれた理由があったが、それは真実の一端にも触れていないようにしか思われなかった。村澤さんは高い壁に囲まれていて、小さな常識で理解しようとするぼくの意図はそのつどはねかえされてしまうかのようであった。

真里江さんの主張はきわめて現実に即していて、乃江ちゃんとの今後の生活費をどうするかという一点に集約されていた。村澤さんは、妻子の生活を支えないという点において、義務の自覚を欠いた無責任者のそしりを免れないのである。それでも、送金の有無をめぐって村澤さんとやり合うという真里江さんの姿には、何かしらやりきれない感じがあった。村澤さんに生活費を送ってもらわなくとも、実家にもどればいいではないかとぼくは思った。これまでのいきさつはどうであれ、両親もその決断を喜ぶにちがいなく、それで円満解決ではないかと思った。ぼくはそのような考えを敷衍（ふえん）して手紙を書いた。それに対する返答が第二の手紙であった。

真里江さんは、ぼくには理解できないであろういろいろな事情があって実家にはもどれないという。明瞭にはわからないが、おそらく近所の人たちの目に配慮して、世間体を気にかけているのではないかと思われた。あえて生活保護を受けようとしたり、勤務先をさがそうとしたりするのもそのためである。ここにもまた越えがたい壁があった。困難な壁に向き合えば、ぼくのアドバイスなどは世間知らずのきれいごとにすぎなかった。もはやあらゆる言葉が無力だった。

調停離婚

何事も起らずに二月がすぎた。村澤さんからも真里江さんからも、だれからも便りがなかった。複雑怪奇な状勢はさぞかし千変万化しているにちがいなかったが、もはやぼくの理解の枠外のことであった。ぼくは急速に意欲を失っていた。一月末に届いた真里江さんの手紙にも返事を書かなかった。

やがて月が替り、ぼくは真里江さんからの久方振りの手紙を受け取った。それは紛糾をきわめた事態にようやく訪れた決着に伴う喜びと、今後の展望にまつわる不安と決意を合せて報告するという主旨のものであった。

《真里江さんの手紙（三月七日）》

高瀬さん、長い間、ほんとに長いこと御心配をおかけしました。

先月十六日、調停離婚が成立しました。すぐ連絡しようと思ったのですが、その後の手続きがまたたいへんで、離婚はしたものの、子供の姓の変更はまた別なのです。区役所にもずいぶん足を運びました。でもとにかく成立しました。

といっても、連日住まいをさがし歩いています。大家さんが早く出てくださいと言ってきたので、ますます心はせくばかり。

明朝もすぐ行動開始です。

いろいろ重なったので一時頭が混乱しましたが、幸い乃江が保育園に（区立でしかも保育園としては有名なのです）入園が昨日決定しました。零歳児は九人しかとらなかったそうですが、条件の悪い人から順に入れるそうです。私も母子家庭ということですが、もっと困っている人もいるのでなかなかむずかしいと思っておりましたが、ほっとしました。

とはいうものの、まったく悩みました。離婚のこと以上に悩み抜きました。乃江ちゃんがかわいそうではないかしら…と。私のせいで子供までこんな…と。

福祉事務所の人には、あなたの考えは甘い、生きる（母と子で）ということはほんとにたいへんなことです、とまで言われても、それでも決断力のない私の事、最後の最後まで心にひっかかるものがありましたが、昨日の面接で、かえって子供にとっては両親がそろっているよりも保育園は必要なのでは…と少しずつ考えるようになった次第です。

あとは住まいと仕事です。福祉事務所では、女性は公務員になるのが一番有利、さしあたって区立の小学校の給食の調理、用務員など今募集してます、と言ってくれていますが、たいへんな倍率だそうです。

高瀬さんにはお世話になりっぱなしです。いろいろ助言いただいたことがどんなに私の励みになったことか、言葉では言い尽くせません。ほんとうにどうもありがとうございました。

まだまだいっぱいお話ししたいことがあるのですが、今はまったくあわただしい状態ですので、少し落ち着いたらまた連絡します。

季節の変り目ですので、御身体に気をつけて。私も身体だけは丈夫です。では。

真里江さんの手紙は不安と苦悩に満ち満ちていたが、いっこうに切実な感じがなかったのは不思議だった。ぼくはぼくの知っている真里江さんが小学校の用務員になったり、給食の調理をしている姿をどうしても思い浮かべることができなかった。そのような想像には何かしらおかしみに似たものさえ伴っていた。

あらゆる人、あらゆる事柄が村澤さんの敵だった。乃江ちゃんももういなかった。だが、真里江さんには百万の味方がいた。真里江さんには善悪をくっきりと分かつ明確な一線の観念があり、村澤さんは絶対悪だった。真里江さんの基準は世間の基準と合致していたから、村澤さんは世間公認の極悪人だった。真里江さんは常識の世界の絶対的支持を背景として、村澤さんの極悪非道ぶりを弾劾してやまなかった。悩みの種の世間体の構造さえも、かえって行動の基準を与える役割を果していた。あらゆる事態が協同して働いて真里江さんを救っていた。

真里江さんの容赦のない批判にさらされた村澤さんには、もはや身を守る何らの手段も残されていなかった。ぼくの判断もまた真里江さんと変るところはなく村澤さんを非とした。村澤さんの手紙を読めば、村澤さん自身も自分の悪を自覚して、悔い改めようとするかのように思われた。ところが真里江さんの手紙によれば、村澤さんはむしろ開き直って悪に徹しようとするかのようであった。ぼくは理解不能におちいって、ついに思考の働きが停止した。だが、思い返せば村澤さんが悪に徹しようとすればするほど、その分だけ真里江さんの批判の根拠はかえって強化されるのである。それなら村澤さんは、あるいは遠回りに真里江さんを救ったことになるのであろうか。

思い出のかけらを拾う

真里江さんのその後の生活の落ち着き振りを知らせる便りはついになかった。ぼくは真里江さんに手紙を書こうと思いながら、書き出しのひとことに悩まされて果さなかった。村澤さんにも何かしら書かなければならないように思われたが、同様の理由でやはり書けなかった。双方の言い分を理解しかねてひとたび判断を停止した以上、もはやぼくの出る幕は残されていないのであった。ぼくはその事実を自覚せざるをえなかった。力の入らないことのおびただしい自覚だったが、そんな自覚が浮上するのに附随して、とぼとぼ亭にまつわるあれこれの出来事はみなことごとく思い出と化して沈潜した。

毎年五月になると思い出のかけらが心の表層に浮上した。あんな事件が発生するほんの四箇月前には、ぼくは乃江ちゃんの誕生を告げる元気いっぱいの村澤さんの電話を受け取ったのである。ぼくは絵本を選び、大きくなったら読んでやってくださいという簡単なメッセージを添えて送った。そのつど真里江さんから儀礼的な礼状が届いた。三年目の手紙は真里江さんのお母さんからだった。それはごく簡単な近況報告で、真里江さんは再婚したのである。こうしていっさいが終焉した。

福岡の日々は自然に積み重なり、いつしか東京時代を凌駕した。すると意識の下層に沈んで久しいとぼとぼ亭の思い出が、いくつかの泡粒となって浮かんできた。それらはみな数々の名場面であった。ぼくはとぼとぼ亭の後押しをして坂道をのぼったり、麻雀店に出前に出向いたりした。追いかけてきた真里江さんに挨拶したり、結婚式の披露宴の会場で受付の席に座っていたりした。はるばる群馬県の山村にやってきた村澤さんが、つまらないものですが、というお決まりの口上とともにお菓子を差し出して、父と酌み交わしていた。春もなお浅いころで、二人して赤城山に登り、大沼のゆるみかかった氷の上をこわごわと歩いたのだった。ひんぱんに下宿に泊りにきて、寝物語に来し方のあれこれを語ってくれたこともあった。仕送りの当日には近所の喫茶店に集結し、なぜか村澤さんの主導権のもとで全額を山分けした。激怒してしかるべき場面にもいっこうに腹が立たないのは不思議だった。もろもろの悪行がみな懐かしかった。どれほど虚偽と誤謬に満ちていようとも、回想の世界ではあらゆる事物があるがままの姿を現して、善悪の観念は溶解してしまうもののようであった。思い出の泡粒は時とともにその数を増し、やがて心の表層の全域にわたって広がった。

ぼくには予感があった。遠くないいつの日か、ぼくは東京に出かけて、定まったときに定まったとおりに、かつてのとぼとぼ亭の径路をたどるにちがいない。そうして道すがらの定まった場所に案の定ぽっかりと浮かんでいるとぼとぼ亭の灯りを認めて、大声で呼びかけるにちがいない。とまどいは瞬時にかき消えて、村澤さんは、おう、おまえか、久し振りだなと破顔一笑し、まあ一杯食うかと、特製の大盛りラーメンに切り海苔を「ハ」の字に配置して、へい、ひげラーメンいっちょうあがり、と景気よく差し出して、どうだ、うまいかと何だかうれしそうにして、おずおずとラーメンをすすっているぼくを眺めているにちがいない。

そのように思い出は始まり、否定と肯定の彼岸の薄明の中でいつも光明をたたえている。

（終）

あとがき

勘奈庵を訪問して

『とぼとぼ亭日記抄』は三十年余の昔、鹿児島市の文芸同人誌「カンナ」（勘奈庵発行）に連載した作品である。勘奈庵の庵主の渡辺外喜三郎（わたなべげきさぶろう）先生は、『銀の匙』の作者として知られる中勘助先生の文学の研究者で、勘奈庵の「勘」の一字は中先生のお名前から借りたのである。

東京を離れて福岡市に移り住むことになった経緯については本文に略述したとおりだが、これを機に鹿児島に足をのばして渡辺先生にお目にかかり、同人に加えていただいた。いくつかの作品を掲載していただくうちに、東京時代の回想を書こうと思い立ち、作品名のとおりとぼとぼと第一回目の原稿を書き始めたのは昭和五十六年の秋のことである。ぼくは満三十歳であった。思い出されるままに書き進めたところ、全九回に及ぶ連載になり、二年半の歳月を重ねて完結した。掲載誌は次のとおりである。

「とぼとぼ亭日記抄（一）」カンナ第一〇一号（昭和五十七年二月十二日発行）
「とぼとぼ亭日記抄（二）」カンナ第一〇二号（昭和五十七年五月二十日発行）
「とぼとぼ亭日記抄（三）」カンナ第一〇三号（昭和五十七年九月二十日発行）
「とぼとぼ亭日記抄（四）」カンナ第一〇四号（昭和五十八年二月一日発行）
「とぼとぼ亭日記抄（五）」カンナ第一〇五号（昭和五十八年五月二十日発行）
「とぼとぼ亭日記抄（六）」カンナ第一〇六号（昭和五十八年九月十日発行）
「とぼとぼ亭日記抄（七）」カンナ第一〇七号（昭和五十九年二月一日発行）
「とぼとぼ亭日記抄（八）」カンナ第一〇八号（昭和五十九年五月二十日発行）
「とぼとぼ亭日記抄（九）」カンナ第一〇九号（昭和五十九年九月二十日発行）

第一回目が掲載された「カンナ」第一〇一号の発行日は昭和五十七年二月十二日。思いも寄らないほどに遠い昔の出来事になってしまい、感慨もまた新たである。

この昔日の青春記が出版されるという成り行きになったのを受けて、読み返して結構を整える作業を試みたが、多少の語句をあらため、九回の連載稿を一堂に集積して適宜小見出しを附しただけに留まり、ほぼ初出のままになった。登場人物は当初は全員実名で表記したが、このたびの刊行にあたり、ぼくの名前のみを除いてすべて仮名にした。この作品があくまでもモデル小説であることを明示するためのささやかな工夫である。

道楽園音頭のことなど

本文に登場する人物や地名などのあれこれについて、多少の補足と註記を書き添えておきたいと思う。屋台「とぼとぼ亭」を経営する村澤さんのモデルとなった人物の本名は原澤宏也（こうや）さんといい、生地は宮崎県北諸県郡山之口村（きたもろかたぐんやまのくちそん）である。山之口村は現在では都城市に合併されて、宮崎県都城市山之口町山之口と変ったが、原澤さんが通った麓（ふもと）小学校は今も存在する。

新宿通りの街並みを描写する際に「赤坂離宮（後の赤坂迎賓館）」に出会ったが、赤坂離宮が改修されて迎賓館になったのは昭和四十九年三月であり、とぼとぼ亭とともに歩き回っていた時期の出来事である。

とぼとぼ亭のチャルメラの音をマイクで拾って紹介した文化放送は、下宿先のクリーニング屋のすぐ近くにあった。所在地の表記は東京都新宿区若葉一丁目だが、「四谷の文化放送」と呼び慣わしていた。尻尾まであんこが詰まっているので有名な鯛焼き屋の所在地も文化放送と同じ新宿区若葉一丁目で、地名をそのまま店名に転用して「わかば」と名乗っていたが、「四谷のわかば」と呼ばれて、今も健在である。

「平成の大合併」の際、群馬県では平成十八年に「勢多郡」が消滅して「みどり市」が誕生し、ぼくの郷里の「群馬県勢多郡東村」はこの新しい市の一区域に組み込まれて「みどり市東町」になった。国鉄「足尾線」は国鉄の分割民営化に伴って昭和六十二年に「JR足尾線」となったが、平成元年に廃止され、第三セクター鉄道の「わたらせ渓谷鐵道」が開業した。足尾線の車両は実際にはディーゼルカー（気動車）だが、蒸気機関車時代の記憶が村内に残っているためか、昔も今も「汽車」と呼ばれている。

原澤さんの訪問を受けてお酒を酌み交わしたぼくの父は高瀬良一といい、桐生工業高校（桐工と略称する）で長く国語と漢文を教えていた。道楽園の創業者は桐工の卒業生で、父の教え子である。依頼を受けて父が作詞した道楽園音頭は原澤さんを案内した当時は独自の曲がなく、間に合わせに桐生音頭を借用して歌われていたが、その後しばらくして父の教え子の中に関根さんという作曲家が現れてメロディーがつけられた。道楽園音頭は完成したのである。

本文では「味もよし、眺めまたよし道楽園」という調子の歌詞と綴ったが、これは道楽園音頭の歌詞とは別のキャッチフレーズであった。勘違いして、混同してしまったのだが、初出のままにした。正しい道楽園音頭は春夏秋冬を歌う四つの歌詞で構成されている。

道楽園音頭〈作詞　高瀬良一／作曲　関根英雄〉

一　春は貴船の　道楽園へ
　　つつじ花咲きゃ　にっこりと
　　てれた赤城も　姿を見せる

さーて　さーて
さーて　さて　さて　よい姿
ゴットン　ゴットン　水車
ゴトリと鳴るのは　きねの音　きねの音

二　夏は貴船の　道楽園へ
川のせせらぎ　もどり橋
水車小屋なら　思いも晴れる
さーて　さーて
さーて　さて　さて　気も晴れる
ゴットン　ゴットン　水車
ゴトリと鳴るのは　きねの音　きねの音

三　秋は貴船の　道楽園へ

紅葉織りなしゃ　ほのぼのと
かほるきのこに　打つ舌つづみ
さーて　さーて
さーて　さて　さて　舌つづみ
　ゴットン　ゴットン　水車
ゴトリと鳴るのは　きねの音　きねの音

四　冬は貴船の　道楽園へ
雪の眺めは　えも言えぬ．
いきな樽小屋　よいかんつけて
さーて　さーて
さーて　さて　さて　かんのよさ
　ゴットン　ゴットン　水車
ゴトリと鳴るのは　きねの音　きねの音

こんなのんびりした歌を原澤さんも父もみな声を合わせて歌い、楽しかった。道楽園は代が替ったけれども今も健在で、使われている割り箸の袋に道楽園音頭の全歌詞が印刷されている。

とぼとぼ亭の客仲間で、アメリカのオハイオ州からやってきて日本の弓道を学んでいたテリーさんは、その後、東北地方の大学の教師になって英語を教えていたが、事故で亡くなった。本文中に五百円札が登場する一場面があるが、今では五百円札にはめったにお目にかかることがなく、代りに五百円硬貨が使われるようになった。

とぼとぼ亭とともにすごした昭和四十年代の後半期から四十年を越える歳月が流れ、世相も人も大きく変容した。東村を訪ねてきた原澤さんが降り立った足尾線の花輪駅も駅舎が建て直されて姿が一変したが、なつかしい駅名だけは今も変らない。

数学憧憬

『とぼとぼ亭日記抄』は日記の抄録であるから、全記録がここで叙述されたわけではない。書かれなかったあまたのことどもの中でも、とぼとぼ亭の相棒になった「ぼく」について、当時の心情をもう少し振り返っておきたいと思う。屋台を引く原澤さんが芸術に志のある人の仮の姿だったのと同様に、ぼくの志は数学にあり、数学者でありたいという夢を胸にして笈（きゅう）を負って群馬県の山村を発ち、上京したのである。数学という学問には不思議な力があり、わかってもわからなくても、理解の度合いの深浅を問わず、なぜかしら心を惹かれてやまないという神秘的な魅力をたたえている。だが、正体は不明である。数学とは何かと率直に自問したなら、確信をもってこれに応じることはだれも容易になしえないであろう。

　おりしも岡潔先生のエッセイ集の出版が相次いでいたころであった。群馬県桐生市の高校に入学した年の秋のある日、ぼくは桐生市の書店で岡先生のエッセイ集『春の草　私の生い立ち』（日本経済新聞社）を手にし、岡先生のお名前を知った。この一冊の書物との出会いを機に数学という不思議な学問が現に存在していることを認識し、『春宵十話』（毎日新聞社）、『春風夏雨』（毎日新聞社）、『紫の火花』（朝日新聞社）と渉猟を重ね、岡先生の愛読者になったのである。岡先生と小林秀雄との対話篇『人間の建設』（新潮社）も、数学とは何かという問いをみずからに問うていくうえで示唆に富み、よい作品であった。

『春宵十話』の「はしがき」を見ると、岡先生は「人の中心は情緒である」と明言し、「情緒には民族の違いによっていろいろな色調のものがある。たとえば春の野にさまざまな色どりの草花があるようなものである」と言葉を続け、「数学とはどういうものかというと、自らの情緒を外に表現することによって作り出す学問芸術の一つであって、知性の文字板に、欧米人が数学と呼んでいる形式に表現するものである」と敷衍した。「情緒を外に表現する」というのは、どのような意味なのであろうか。そのようなことが可能であるとして、実際にはどのようにするのであろうか。知性は果して文字板でありうるのであろうか。その文字板はどこに存在しているのであろうか。「欧米人が数学と呼んでいる形式」というものの実際の姿はどのようなものなのであろうか。このような素朴な問いが次から次へと発生して雲をなし、途方に暮れる思いに襲われ続けたが、数学という学問の印象に寄せる神秘感はかえって深まりゆくばかりだったのはいかにも不思議であった。

桐生市には群馬大学の工学部があり、本町四丁目のミスズヤ書店には工学部の学生のために理工系の参考書がたくさん並んでいた。数学書も多く、高校の帰り道に遠回りして何度も足を運び、微積分のテキストなどを眺めたものであった。そんな日々を重ねる中で高木貞治先生の著作『解析概論』（岩波書店）の存在を知り、店頭には見あたらなかったため発注したところ、まもなく重くて大型のがっしりした書籍が届いた。数学を学ぶにはこのような書物を読まなければならないのかと思い、大いに仰天し、嘆息し、畏怖したものであった。

天来の妙音を聴く

大学に入学していよいよ数学の勉強に取り掛かったが、そのころの鬱屈した心情も忘れることのできない思い出である。いっこうに心が晴れやかにならない原因は明白で、憧憬してやまない数学にまったくおもしろさが感じられなかったのである。それでも数学それ自体の魅力が失われることはなく、大きながまんを重ねて、ときには学校に通って講義を聴き、たいていは四谷の「もぐら庵」こと、クリーニング屋の二階の一間に籠って本を読み続けた。岡先生のいう「欧米人が数学と呼んでいる形式」を勉強したのである。

案に相違して数学は退屈な学問であった。岡先生の言葉を借りれば、退屈なのは形式に情緒が表現されていないためであり、数学に付随する神秘感は数学を創造した人びとのとりどりの情緒の彩りに由来して発生する。ガウスにはガウスの彩りがあり、アーベルにはアーベルに固有の彩りがある。リーマンの情緒の彩りの深遠なことはまた格別で、岡先生も若い日にリーマンの情緒を感知し、共鳴し、憧憬して数学の世界に分け入っていったのである。

情緒の世界と乖離して何物も表現することのない論理体系をどれほど丹念に学んでも、学べば学ぶほどかえってどこまでも退屈さが増すばかりであり、感動は訪れない。では、岡先生のいう情緒の数学はどこにあるのであろうか。この問いにはずいぶん長く悩まされたが、岡先生の数学論文集を読み始めたところ、いっさいの疑問が氷解した。灯台の足元は暗いということの恰好の事例である。情緒の数学は数学を創造した一番はじめの人の心に存在し、創造者の心に共鳴するという稀有の現象が眼前に開かれたとき（「共鳴する」と言う代りに心の彩りが重なり合うと言っても同じである）、ぼくらははじめて心を動かされ、同時に深い喜びに満たされるのである。

岡先生の数学論文集を実際に読んだのは福岡に移ってからのことであり、東京時代は暗中模索の日々が打ち続くばかりであった。大学の講義も数学の勉強も退屈で、存在しないものを求めて書物の世界をさまよいながら、夜になるとぼとぼ亭のチャルメラの音が待ち遠しかった。原澤さんが夜な夜な吹き鳴らすチャルメラは、憧憬と退屈のはざまで苦しかった日々に明るく響きわたる天来の妙音だったのである。

『銀の匙』の思い出

高校生のころの読書の中で、際立って懐かしく回想されるのは中勘助先生の作品『銀の匙』（岩波文庫）である。一見して何事でもない幼少期の日々を克明に描写する美しい作品で、東京朝日新聞の文芸欄を担当する夏目漱石の推薦を受けて紙上に連載された。中先生のエッセイ「夏目先生と私」によると、ある日、安倍能成（よししげ）とともに早稲田南町の漱石山房を訪問したおり、『銀の匙』が話題にのぼったことがあった。誰とかが『銀の匙』をちっともおもしろくないと言ったという話がきっかけになり、漱石はおもしろがらない人たちの名前を挙げて、「誰それは一つの水蜜を二人で食ったというようなことしか面白くないのだ」と言った。「阿部にも判らない」とも言い、同席していた安倍能成に向って、「君にも判らないだろう」と言った。「阿部」は『三太郎の日記』の著者の阿部次郎である。

安倍能成は、「阿部も自分も興味をもたなかったことはない」という意味のことを口にしてこれに応じ、「そういう風に予想しなかったか」と中先生に尋ねてきた。中先生が肯定的に答えたところ、漱石はちょっと案外な様子を見せて、安倍に向い、

「君たちは人生とかなんとかいわなくちゃいけないんじゃないのかね。ああいうのんきな、問題のない…いや問題はあるが…」

というようなことを言った。中先生はこれを聞き、「そうだ、問題がちがうのだ」と思ったというのである。漱石のいう「人生とかなんとか」の「人生」の一語が強い印象をもって胸に沁み、『銀の匙』は人生の謎を内に秘めた不思議な作品になった。

群馬県の山村で『銀の匙』を読んだのは昭和四十三年の夏から秋にかけてのことで

あった。三年前の昭和四十年五月に亡くなられた中先生に会うことはできなかったが、上京してすぐに中野区新井町にお住いの奥様をお訪ねし、それから福岡に移るまでひんぱんに訪問を重ねた。そんな中で自然に鹿児島の渡辺先生のうわさが話題にのぼり、同人誌「カンナ」を見せていただくようになった。原澤さんととぼとぼ亭の話をすると、奥様も関心を示されて、ぜひ二人でお遊びにお出でくださいと幾度となく親切なお誘いを受けた。原澤さんも乗り気になって機会をうかがっていたが、ついに日の目を見なかったのは残念なことであった。

中先生の文学に教えていただいたのは、人生とは何かと考えるということ、それ自体であった。数学の勉強に苦しみながら中野訪問を繰り返し、中先生のように生きて岡先生のような数学をやってみたいと心から願い、原澤さんにもよくそんな話をしたものであった。

夜明けの津の守坂通りをのぼる

とぼとぼ亭の思い出は多い。ある夜、だらだらといつまでもとぼとぼ亭にくっついて歩き続け、夜が白みかけたことがある。いつのことだったのか、正確な日時はもとより季節でさえ定かではないが、暑からず寒からず、春先か秋口だったように思う。原澤さんは根拠地の「ピリカ」にもどろうとしているのである。

　四谷界隈のゆるやかな坂道にさしかかり、屋台を引く原澤さんに呼応して、ぼくは後方に両手をかけて懸命に押した。下を向いて一歩また一歩と押し続けるぼくの目にその情景の全体像が映じるはずはないが、今もありありと脳裏に浮かぶのは不思議である。地図を眺めると、あの坂道は三栄町と荒木町の境界を作る津の守坂通りだったのではないかと思う。

『とぼとぼ亭日記抄』は村澤さんこと原澤さんとの再会を予感する場面で終っているが、「カンナ」に連載が始まってまもないころ、ぼくは上京した。四谷駅で降りてしんみち通りを抜けると、そこにとぼとぼ亭がとまっていた。原澤さん、と声をかけると、「おう、しばらく」「久しぶりだな」「昨日もおまえのうわさ話をしていたんだ」と原澤さんが応じ、「このごろは流しはやめて、要所要所に屋台をとめて商売してるんだ」と簡単に言い添えた。原澤さんととぼとぼ亭との交流がこうして再開した。

それからまたしばらくして原澤さんのお母さんが亡くなり、「ピリカ」が閉店した。この新事態を受けて、原澤さんは三栄町に小さなお店を出した。「支那そば屋こうや」という店で、原澤さんは自分の名前をそのまま店名にしたのである。山口瞳の小説に『居酒屋兆治』があり、「こうや」の開店に少し遅れて、高倉健が主演して映画化されてヒットしたが、「こうや」の店名は居酒屋を「兆治」と名乗るセンスに通じている。そんな話を原澤さんから聞いたことがある。この類似は偶然のことだったのかどうか、今ではもうわからないが、あるいは原澤さんは開店に先立って刊行された書籍を読んでいたのかもしれない。

優に十年を越えるキャリアをもつとぼとぼ亭が店をもったというニュースは評判を呼び、「こうや」は次第に拡大していった。店構えそのものが広がるとともに、従業員も増え、佐江ちゃんは看板娘になった。佐江ちゃんは「乃江ちゃん」のモデルである。

平成二十二年の秋十月、佐江ちゃんが店主になって「こうや」の近くに新しいお店を開いた。その店の名は「徒歩徒歩亭（とぼとぼてい）」である。「こうや」は依然として健在で、徒歩徒歩亭もまた大繁盛の日々が続いている。原澤さんはもう経営には関与せずに自適の生活を送り、ときおり徒歩徒歩亭の厨房で新メニューを考案するばかりになった。

　ぼくはすっかり福岡に定着し、あれほど嫌悪していた大学に職を得て心ならずも長々と勤務するという成り行きになったが、ようやく定年退職の日が間近になった。その事実が古い回想と連繫し、若い日の思い出を綴る『とぼとぼ亭日記抄』を刊行したいという気持ちに誘われたのである。未見の人びとを前にして私的最終講義を行い、出発点に回帰するというほどの心情である。

　興味をもてない数学に十重二十重（とえはたえ）に囲まれる状況は相変らずだったが、岡先生の論文集に目を開かれて、無比の神秘感へとおのずと誘われてやまない数学もまた存在するという確信が得られ、歩むべき道が見えるようになった。ぼくは古典の世界に沈潜し、ガウスやオイラーなど、原典の翻訳と数学史論の著述を続け、同時に岡先生の評伝と、あの『解析概論』の著者の高木貞治先生の評伝を執筆した。中勘助先生の評伝は人生に課せられた課題であり、必ず書かなければならないが、目下、むずかしい調査を強いられているところである。

　中先生には山田又吉という親友があり、岡先生には中谷治宇二郎という親友があった。山田は大学の卒業論文にエックハルト研究を選択した哲学徒であり、中谷は気鋭の考古学者であった。山田は中先生に、中谷は岡先生に、人生の道を指し示すほどの深遠な影響を及ぼした。山田は大正二年の春先に東京で自決し、中谷は昭和十一年のやはり春先に九州の由布院で病没したが、中先生の文学と岡先生の数学はいずれも若い日の友情の中から生れたのである。原澤さんと出会ったのは昭和四十五年の秋十月のある日のことで、ぼくは満十九歳であった。中先生と岡先生の場合に比べるといくぶん異色の組合せではあるが、若い日の友情は確かに成立し、一時期の挫折を乗り越えて、今日に至るまで人生の諸相において深い影響を及ぼし続けたのである。

本書は若い日の友情の力の淵源をたどろうとする小さな試みである。世代を越えて読者に恵まれて、どこかしら目に映じない場所に、友情を求め、友情の力に信頼を寄せる人びとの「精神の共同体」が形作られる契機となるよう、心から願っている。

平成二十八年一月二十三日　　高瀬正仁

高瀬正仁（たかせ・まさひと）

昭和二十六年、群馬県勢多郡東村（現在、みどり市）に生れる。九州大学基幹教育院教授。専門は多変数関数論と近代数学史。歌誌「風日」同人。平成二十年九州大学全学教育優秀授業賞受賞。二〇〇九年度日本数学会賞出版賞受賞。

著書：『評伝岡潔　星の章』（海鳴社、平成十五年）、『評伝岡潔　花の章』（海鳴社、平成十六年）、『岡潔　数学の詩人』（岩波新書、平成二十年）、『岡潔とその時代　評伝岡潔　虹の章』「I 正法眼蔵」「II 龍神温泉の旅」（みみずく舎、平成二十五年）、『紀見峠を越えて　岡潔の時代の数学の回想』（萬書房、平成二十六年）、『微分積分学の史的展開　ライプニッツから高木貞治まで』（講談社、平成二十七年）、『微分積分学の誕生　デカルト『幾何学』からオイラー『無限解析序説』まで』（SBクリエイティブ、平成二十七年）他。

訳書：『ガウス整数論』（朝倉書店、平成七年）、『オイラーの無限解析』（海鳴社、平成十三年）、『ガウスの《数学日記》』（日本評論社、平成二十五年）他。

とぼとぼ亭日記抄

二〇一六年二月一〇日初版第一刷発行

著者　高瀬正仁
発行者　神谷万喜子
発行所　合同会社　萬書房
〒二二二―〇〇一一　神奈川県横浜市港北区菊名二丁目二四―一二―一〇五
電話　〇四五―四三一―四四二三　ＦＡＸ　〇四五―六三三―四二五二
yorozushobo@tbb.t-com.ne.jp　http://yorozushobo.p2.weblife.me/
郵便振替　〇〇二三〇―三―五二〇二二
印刷製本　モリモト印刷株式会社

ISBN978-4-907961-07-7　C0095